Le petit livre
des couleurs

Michel Pastoureau
Dominique Simonnet

Le petit livre
des couleurs

Éditions du Panama

Les différents chapitres de ce texte ont été publiés, en feuilleton,
par l'hebdomadaire *L'Express* en juillet et août 2004.

ISBN 978-2-7578-4153-2
(ISBN 978-2-7557-0034-3, 1re publication)

Avant-propos

À force de les avoir sous les yeux, on finit par ne plus les voir. En somme, on ne les prend pas au sérieux. Erreur ! Les couleurs ne sont pas anodines, bien au contraire. Elles véhiculent des codes, des tabous, des préjugés auxquels nous obéissons sans le savoir, elles possèdent des sens variés qui influencent profondément notre environnement, nos comportements, notre langage et notre imaginaire.

Les couleurs ne sont pas immuables. Elles ont une histoire, mouvementée, qui remonte à la nuit des temps et qui a laissé des traces jusque dans notre vocabulaire : ce n'est pas par hasard si nous voyons rouge, rions jaune, devenons blancs comme un linge, verts de peur ou bleus de colère… Dans la Rome antique, les yeux bleus étaient une disgrâce, voire, pour une femme, un signe de débauche. Au Moyen Âge, la mariée était en rouge, mais aussi les prostituées. On le devine déjà : les couleurs en disent long sur nos ambivalences. Elles sont de formidables révélateurs de l'évolution de nos mentalités.

On verra ici comment la religion les a mises sous sa domination, comme elle l'a fait d'ailleurs pour l'amour et la vie privée. Comment la science s'en est mêlée, débordant sur la philosophie – onde ou particule ? lumière ou matière ? Comment la politique, aussi, s'en est emparée – les rouges et les bleus n'ont pas toujours été ceux que l'on connaît. Et comment, aujourd'hui, nous sommes toujours lestés par cet étrange héritage. L'art, la peinture, la décoration, l'architecture, la publicité bien sûr, mais aussi nos produits de consommation, nos vêtements, nos voitures… Tout est régi par un code non écrit dont les couleurs ont le secret.

C'est cette histoire que nous allons conter ici, au fil d'une longue conversation avec l'historien anthropologue Michel Pastoureau. Oserait-on dire qu'il est lui aussi un personnage haut en couleur ? Enfant, il est en quelque sorte tombé dans une marmite de teinturier : trois de ses grands-oncles peintres, un père fou de tableaux, une lourde hérédité… Très tôt, le jeune Pastoureau s'est pris de passion pour les verts de la nature (sa couleur préférée, qu'il a voulu réhabiliter). Peintre lui aussi, il est devenu le spécialiste mondial de cette question, ainsi qu'un guide affable et érudit, l'un des rares à se repérer dans le dédale symbolique des coloris.

Car les couleurs sont fantasques. Elles ne se laissent pas facilement enfermer dans des catégories. Combien sont-elles, d'ailleurs ? Les petits enfants en nomment spontanément quatre ; Aristote en acceptait six ; et par une facétie de Newton dont on reparlera, on a décrété qu'il y en avait sept officielles. Pour Michel Pastoureau, l'affaire est entendue : il y en a six, pas davantage.

D'abord, ce timoré de bleu, favori de nos contemporains parce qu'il sait se faire consensuel. Puis l'orgueilleux rouge, assoiffé de pouvoir, qui manie le sang et le feu, la vertu et le pêché. Voici le blanc virginal, celui des anges et des fantômes, de l'abstention et de nos nuits sans sommeil. Puis le jaune des blés, un complexé celui-là, mal à l'aise dans son statut (il faut l'excuser, on l'a si longtemps marqué du sceau de l'infamie). Vient encore le vert, de mauvaise réputation lui aussi, trompeur et roublard, roi du hasard et des amours infidèles. Enfin, le somptueux noir, qui joue double jeu, contrit dans l'austérité, arrogant dans l'élégance…

Ensuite ? Pour Michel Pastoureau, il y a un deuxième niveau, les seconds couteaux en somme : violet, rose, orangé, marron, et le gris, un peu à l'écart… Cinq demi-couleurs, qui portent des noms de fruits et de fleurs. Elles ont réussi à se doter de symboles bien à elles, à se faire une identité, comme ce rose insolent qui se prend pour une couleur à part entière ou cet orangé qui affiche une vitalité effrontée… Derrière vient la valetaille, le corps de ballet, l'interminable défilé des nuances, les lilas, magenta, sable, ivoire, et autre grège… Inutile de chercher à compter : chaque jour, on en invente de nouvelles.

Apprenez à penser en couleurs, et vous verrez le monde autrement ! Voilà donc la jolie leçon du bon professeur Pastoureau. Autrefois, on disait aux enfants qu'il y avait un trésor caché au pied de l'arc-en-ciel. C'est la vérité : là-bas, dans le creuset des couleurs, est un miroir magique qui, si nous savons le flatter, nous révèle nos goûts, nos dégoûts, nos désirs, nos peurs, nos pensées cachées, et nous dit des choses essentielles sur le monde, et sur nous-mêmes.

Dominique SIMONNET

1

LE BLEU

LA COULEUR QUI NE FAIT PAS DE VAGUE

Comme il est docile, comme il est discipliné ! Le bleu est une couleur bien sage, qui se fond dans le paysage, et ne veut pas se faire remarquer. Est-ce pour ce caractère si consensuel qu'il est devenu la star, la couleur préférée des Européens et des Français ? Longtemps, il était resté au second plan, dédaigné, voire méprisé dans l'Antiquité. Puis, en habile courtisan, il a su s'imposer, doucement, sans heurter… Le voilà désormais canonisé, plébiscité, officialisé. Devenu, en Occident, garant des conformismes, il règne sur les jeans et les chemises. On lui a même confié l'Europe et l'ONU, c'est dire s'il nous plaît ! Ce timoré a encore bien des ressources, et des secrets…

DOMINIQUE SIMONNET : *Les historiens ont toujours dédaigné les couleurs, comme si elles n'avaient pas d'histoire, comme si elles n'avaient jamais évolué. C'est bien sûr une erreur, n'est-ce pas ?*

MICHEL PASTOUREAU : Lorsque, il y a vingt-cinq ans, j'ai commencé à travailler sur ce sujet, mes collègues ont été intrigués. Jusque-là, les historiens, y compris ceux de l'art, ne s'intéressaient pas vraiment aux couleurs. Pourquoi une telle lacune ? Probablement parce qu'il n'est pas facile de les étudier ! D'abord, nous les voyons telles que le temps les a transformées, non dans leur état d'origine, et avec des conditions d'éclairage très différentes : la lumière électrique ne rend pas par exemple les clairs-obscurs d'un tableau, que révélaient autrefois la bougie ou la lampe à huile. Ensuite, nos ancêtres avaient d'autres conceptions et d'autres visions des couleurs que les nôtres. Ce n'est pas notre appareil sensoriel qui a changé, mais notre perception de la réalité, qui met en jeu nos connaissances, notre vocabulaire, notre imagination, et même nos sentiments, toutes choses qui ont évolué au fil du temps.

Il nous faut donc admettre cette évidence : les couleurs ont une histoire. Commençons donc par la star, celle qui est aujourd'hui la préférée des Européens et même des Occidentaux : le bleu.

Depuis que l'on dispose d'enquêtes d'opinion, depuis 1890 environ, le bleu est en effet placé au premier rang partout en Occident, en France comme en Sicile, aux États-Unis comme en Nouvelle-Zélande, par les hommes comme par les femmes, quel que soit leur milieu social et professionnel. C'est toute la civilisation occidentale qui donne la primauté au bleu, ce qui est différent dans les autres cultures : les Japonais, par exemple, plébiscitent le noir. Pourtant, cela n'a pas toujours été le cas. Longtemps, le bleu a été mal aimé. Il n'est présent ni dans les grottes paléolithiques ni au néolithique, lorsque apparaissent les premières techniques de teinture. Dans l'Antiquité, il n'est pas vraiment considéré comme une couleur ; seuls le blanc, le rouge et le noir ont ce statut. À l'exception de l'Égypte pharaonique, où il est censé porter bonheur dans l'au-delà, d'où ces magnifiques objets bleu-vert, fabriqués selon une recette à base de cuivre qui s'est perdue par la suite, le bleu est même l'objet d'un véritable désintérêt.

*Il est pourtant omniprésent dans la nature, et particu-
lièrement en Méditerranée.*

Oui, mais la couleur bleue est difficile à fabriquer et à
maîtriser, et c'est sans doute la raison pour laquelle elle
n'a pas joué de rôle dans la vie sociale, religieuse ou symbolique de l'époque. À Rome, c'est la couleur des barbares, de l'étranger (les peuples du Nord, comme les
Germains, aiment le bleu). De nombreux témoignages
l'affirment : avoir les yeux bleus pour une femme, c'est
un signe de mauvaise vie. Pour les hommes, une marque
de ridicule. On retrouve cet état d'esprit dans le vocabulaire : en latin classique, le lexique des bleus est instable,
imprécis. Lorsque les langues romanes ont forgé leur
vocabulaire des couleurs, elles ont dû aller chercher
ailleurs, dans les mots germanique (*blau*) et arabe (*azraq*).
Chez les Grecs aussi, on relève des confusions de vocabulaire entre le bleu, le gris et le vert. L'absence du bleu dans
les textes anciens a d'ailleurs tellement intrigué que certains philologues du XIXᵉ siècle ont cru sérieusement que
les yeux des Grecs ne pouvaient le voir !

Pas de bleu dans la Bible non plus ?

Les textes bibliques anciens en hébreu, en araméen
et en grec utilisent peu de mots pour les couleurs : ce

seront les traductions en latin puis en langues modernes qui les ajouteront. Là où l'hébreu dit « riche », le latin traduira « rouge ». Pour « sale », il dira « gris » ou « noir » ; « éclatant » deviendra « pourpre »... Mais, à l'exception du saphir, pierre préférée des peuples de la Bible, il y a peu de place pour le bleu. Cette situation perdure au haut Moyen Âge : les couleurs liturgiques, par exemple, qui se forment à l'époque carolingienne, l'ignorent (elles se constituent autour du blanc, du rouge, du noir et du vert). Ce qui laisse des traces encore aujourd'hui : le bleu est toujours absent du culte catholique... Et puis, soudain, tout change. Les XIIe et XIIIe siècles vont réhabiliter et promouvoir le bleu.

Est-ce parce qu'on a appris à mieux le fabriquer ?

Non. Il n'y a pas à ce moment-là de progrès particulier dans la fabrication des colorants ou des pigments. Ce qui se produit, c'est un changement profond des idées religieuses. Le Dieu des chrétiens devient en effet un dieu de lumière. Et la lumière devient... bleue ! Pour la première fois en Occident, on peint les ciels en bleu – auparavant, ils étaient noirs, rouges, blancs ou dorés. Plus encore, on est alors en pleine expansion du culte marial. Or la Vierge habite le ciel... Dans les images, à partir du XIIe siècle, on la revêt donc d'un manteau ou d'une robe bleus. La Vierge devient le principal agent de promotion du bleu.

Étrange renversement ! La couleur si longtemps barbare devient divine.

Il y a une seconde raison à ce renversement : à cette époque, on est pris d'une vraie soif de classification, on veut hiérarchiser les individus, leur donner des signes d'identité, des codes de reconnaissance. Apparaissent les noms de famille, les armoiries, les insignes de fonction... Or, avec les trois couleurs traditionnelles de base (blanc, rouge, noir), les combinaisons sont limitées. Il en faut davantage pour refléter la diversité de la société. Le bleu, mais aussi le vert et le jaune, vont en profiter. On passe ainsi d'un système à trois couleurs de base à un système à six couleurs. C'est ainsi que le bleu devient en quelque sorte le contraire du rouge. Si on avait dit ça à Aristote, cela l'aurait fait sourire ! Vers 1130, quand l'abbé Suger fait reconstruire l'église abbatiale de Saint-Denis, il veut mettre partout des couleurs pour dissiper les ténèbres, et notamment du bleu. On utilisera pour les vitraux un produit fort cher, le cafre (que l'on appellera bien plus tard le bleu de cobalt). De Saint-Denis, ce bleu va se diffuser au Mans, puis à Vendôme et à Chartres, où il deviendra le célèbre bleu de Chartres.

La couleur, et particulièrement le bleu, est donc devenue un enjeu religieux.

Tout à fait. Les hommes d'Église sont de grands coloristes, avant les peintres et les teinturiers. Certains d'entre eux sont aussi des hommes de science, qui dissertent sur la couleur, font des expériences d'optique, s'int███████t sur le phénomène de l'arc-en-ciel... Ils sont pr████──ment divisés sur ces questions : il y a des prélats « chromophiles », comme Suger, qui pense que la couleur est lumière, donc relevant du divin, et qui veut en mettre partout. Et des prélats « chromophobes », comme saint Bernard, abbé de Clairvaux, qui estime, lui, que la couleur est matière, donc vile et abominable, et qu'il faut en préserver l'église, car elle pollue le lien que les moines et les fidèles entretiennent avec Dieu.

*La physique moderne nous dit que la lumière est à la fois une onde et une particule. On n'en était pas si loin au XIII*e *siècle...*

Lumière ou matière... On le pressentait, en effet. La première assertion l'a largement emporté et, du coup, le bleu, divinisé, s'est répandu non seulement dans les vitraux et les œuvres d'art, mais aussi dans toute la société : puisque la Vierge s'habille de bleu, le roi de France le fait aussi. Philippe Auguste, puis son petit-fils Saint Louis seront les premiers à l'adopter (Charlemagne ne l'aurait pas fait pour un empire !). Les seigneurs, bien sûr, s'empressent de les imiter… En trois générations, le bleu devient à la mode aristocratique. La technique suit : stimulés, sollicités, les teinturiers rivalisent en matière de nouveaux procédés et parviennent à fabriquer des bleus magnifiques.

En somme, le bleu divin stimule l'économie.

Vous ne croyez pas si bien dire. Les conséquences économiques sont énormes : la demande de guède (ou pastel), cette plante mi-herbe, mi-arbuste que l'on utilisait dans les villages comme colorant artisanal, explose. Sa culture devient soudain industrielle et fait la fortune de régions comme la Thuringe, la Toscane, la Picardie ou encore la région de Toulouse. On la cultive intensément pour produire ces boules appelées « coques », d'où le nom de pays de cocagne. C'est un véritable or bleu ! On a calculé que 80 % de la cathédrale d'Amiens, bâtie au XIIIᵉ siècle, avait été payé par les marchands de guède ! À Strasbourg, les marchands de garance, la plante qui donne le colorant rouge, étaient furieux. Ils ont même soudoyé un maître verrier chargé de représenter le diable

sur les vitraux pour qu'il le colorie en bleu, afin de dévaloriser leur rival.

C'est carrément la guerre entre le bleu et le rouge !

Elle durera jusqu'au XVIIIe siècle. À la fin du Moyen
Âge, la vague moraliste, qui va provoquer la Réforme, se
porte aussi sur les couleurs, en désignant des couleurs
dignes et d'autres qui ne le sont pas. La palette protes-
tante s'articule autour du blanc, du noir, du gris, du
brun… et du bleu.

Sauvé de justesse !

Oui. Comparez Rembrandt, peintre calviniste qui a
une palette très retenue, faite de camaïeux, et Rubens,
peintre catholique à la palette très colorée… Regardez
les toiles de Philippe de Champaigne, qui sont colorées
tant qu'il est catholique et se font plus austères, plus
bleutées, quand il se rapproche des jansénistes… Ce dis-
cours moral, partiellement repris par la Contre-Réforme,
promeut également le noir, le gris et le bleu dans le vêtement masculin. Il s'applique encore de nos jours. Sur ce
plan, nous vivons toujours sous le régime de la Réforme.

À partir de ce moment-là, notre bleu, si mal parti à l'origine, triomphe.

Au XVIIIe siècle, il devient la couleur préférée des Européens. La technique en rajoute une couche : dans les années 1720, un pharmacien de Berlin invente par accident le fameux bleu de Prusse, qui va permettre aux peintres et aux teinturiers de diversifier la gamme des nuances foncées. De plus, on importe massivement l'indigo des Antilles et d'Amérique centrale, dont le pouvoir colorant est plus fort que l'ancien pastel et le prix de revient, plus faible, car il est fabriqué par des esclaves. Toutes les lois protectionnistes s'écroulent. L'indigo d'Amérique provoque la crise dans les anciennes régions de cocagne, Toulouse et Amiens sont ruinés, Nantes et Bordeaux s'enrichissent. Le bleu devient à la mode dans tous les domaines. Le romantisme accentue la tendance : comme leur héros, le Werther de Goethe, les jeunes Européens s'habillent en bleu, et la poésie romantique allemande célèbre le culte de cette couleur si mélancolique – on en a peut-être gardé l'écho dans le vocabulaire, avec le blues… En 1850, un vêtement lui donne encore un coup de pouce : c'est le jean, inventé à San Francisco par un tailleur juif, Levi-Strauss, le pantalon idéal, avec sa grosse toile teinte à l'indigo, le premier bleu de travail.

Il aurait très bien pu être rouge…

Impensable ! Les valeurs protestantes édictent qu'un vêtement doit être sobre, digne et discret. En outre, teindre à l'indigo est facile, on peut même le faire à froid, car la couleur pénètre bien les fibres du tissu, d'où l'aspect délavé des jeans. Il faut attendre les années 1930 pour que, aux États-Unis, le jean devienne un vêtement de loisir, puis un signe de rébellion, dans les années 1960, mais pour un court moment seulement, car un vêtement bleu ne peut pas être vraiment rebelle. Aujourd'hui, regardez les groupes d'adolescents dans la rue, en France : ils forment une masse uniforme et… bleue.

Et on sait combien ils sont conformistes… Simultanément, le bleu a acquis une signification politique.

Qui a évolué, elle aussi. En France, il fut la couleur des républicains, s'opposant au blanc des monarchistes et au noir du parti clérical. Mais, petit à petit, il a glissé vers le centre, se laissant déborder sur sa gauche par le rouge socialiste puis communiste. Il a été chassé vers la droite en quelque sorte. Après la Première Guerre mondiale, il est devenu conservateur (c'est la Chambre bleu horizon). Il l'est encore aujourd'hui.

Après des siècles plutôt agités, le voici donc sur le trône des couleurs. Va-t-il le rester ?

En matière de couleurs, les choses changent lentement. Je suis persuadé que, dans trente ans, le bleu sera toujours le premier, la couleur préférée. Tout simplement parce que c'est une couleur consensuelle, pour les personnes physiques comme pour les personnes morales : les organismes internationaux, l'ONU, l'Unesco, le Conseil de l'Europe, l'Union européenne, tous ont choisi un emblème bleu. On le sélectionne par soustraction, après avoir éliminé les autres. C'est une couleur qui ne fait pas de vague, ne choque pas et emporte l'adhésion de tous. Par là même, elle a perdu sa force symbolique. Même la musique du mot est calme, atténuée : bleu, *blue,* en anglais, *blu,* en italien… C'est liquide et doux. On peut en faire un usage immodéré.

On dirait qu'elle vous énerve un peu, cette couleur.

Non, elle n'est justement pas assez forte pour cela. Aujourd'hui, quand les gens affirment aimer le bleu, cela signifie peut-être qu'ils veulent être rangés parmi les gens sages, conservateurs, ceux qui ne veulent rien révéler d'eux-mêmes. D'une certaine manière, nous

sommes revenus à une situation proche de l'Antiquité :
à force d'être omniprésent et consensuel, le bleu est
de nouveau une couleur discrète, la plus raisonnable de
toutes !

2

LE ROUGE

C'EST LE FEU ET LE SANG,
L'AMOUR ET L'ENFER

Avec lui, on ne fait pas vraiment dans la nuance. Contrairement à ce timoré de bleu, le rouge, lui, est une couleur orgueilleuse, pétrie d'ambitions et assoiffée de pouvoir, une couleur qui veut se faire voir et qui est bien décidée à en imposer à toutes les autres. En dépit de cette insolence, son passé, pourtant, n'a pas toujours été glorieux. Il y a une face cachée du rouge, un mauvais rouge (comme on dit d'un mauvais sang) qui a fait des ravages au fil du temps, un méchant héritage plein de violences et de fureurs, de crimes et de péchés. Méfiez-vous de lui : cette couleur-là cache sa duplicité. Elle est fascinante, et brûlante comme les flammes de Satan.

S'il est une couleur qui vaut d'être nommée comme telle, c'est bien elle ! On dirait que le rouge représente à lui seul toutes les autres couleurs, qu'il est la couleur.

Parler de « couleur rouge », c'est presque un pléonasme en effet ! D'ailleurs, certains mots, tels *coloratus* en latin ou *colorado* en espagnol, signifient à la fois « rouge » et « coloré ». En russe, *krasnoï* veut dire « rouge » mais aussi « beau » (étymologiquement, la place Rouge est la « belle place »). Dans le système chromatique de l'Antiquité, qui tournait autour de trois pôles, le blanc représentait l'incolore, le noir était grosso modo le sale, et le rouge était la couleur, la seule digne de ce nom. La suprématie du rouge s'est imposée à tout l'Occident.

Est-ce tout simplement parce qu'il attire l'œil, d'autant qu'il est peu présent dans la nature ?

On a évidemment mis en valeur ce qui tranchait le plus avec l'environnement. Mais il y a une autre raison : très tôt, on a maîtrisé les pigments rouges et on a pu les utiliser en peinture et en teinture. Dès – 35 000 ans, l'art paléolithique utilise le rouge, obtenu notamment à partir de la terre ocre-rouge : voyez le bestiaire de la grotte Chauvet. Au néolithique, on a exploité la garance, cette herbe aux racines tinctoriales présente sous les climats les plus variés, puis on s'est servi de certains métaux, comme l'oxyde de fer ou le sulfure de mercure… La chimie du rouge a donc été très précoce, et très efficace. D'où le succès de cette couleur.

J'imagine alors que, contrairement au bleu dont nous venons de raconter l'infortune, le rouge, lui, a un passé plus glorieux.

Oui. Dans l'Antiquité déjà, on l'admire et on lui confie les attributs du pouvoir, c'est-à-dire ceux de la religion et de la guerre. Le dieu Mars, les centurions romains, certains prêtres… tous sont vêtus de rouge.

Cette couleur va s'imposer parce qu'elle renvoie à deux éléments, omniprésents dans toute son histoire : le feu et le sang. On peut les considérer soit positivement soit négativement, ce qui nous donne quatre pôles autour desquels le christianisme primitif a formalisé une symbolique si forte qu'elle perdure aujourd'hui. Le rouge feu, c'est la vie, l'Esprit saint de la Pentecôte, les langues de feu régénératrices qui descendent sur les apôtres ; mais c'est aussi la mort, l'enfer, les flammes de Satan qui consument et anéantissent. Le rouge sang, c'est celui versé par le Christ, la force du sauveur qui purifie et sanctifie ; mais c'est aussi la chair souillée, les crimes (de sang), le péché et les impuretés des tabous bibliques.

Un système plutôt ambivalent...

Tout est ambivalent dans le monde des symboles, et particulièrement des couleurs ! Chacune d'elles se dédouble en deux identités opposées. Ce qui est étonnant, c'est que, sur la longue durée, les deux faces tendent à se confondre. Les tableaux qui représentent la scène du baiser, par exemple, montrent souvent Judas et Jésus comme deux personnages presque identiques, avec les mêmes vêtements, les mêmes couleurs, comme s'ils étaient les deux pôles d'un aimant. Lisez de même l'Ancien Testament : le rouge y est associé tantôt à la faute et à l'interdit, tantôt à la puissance et à l'amour. La dualité symbolique est déjà en place.

C'est surtout aux signes du pouvoir que le rouge va s'identifier.

Certains rouges ! Dans la Rome impériale, celui que l'on fabrique avec la substance colorante du murex, un coquillage rare récolté en Méditerranée, est réservé à l'empereur et aux chefs de guerre. Au Moyen Âge, cette recette de la pourpre romaine s'étant perdue (les gisements de murex sur les côtes de Palestine et d'Égypte sont de plus épuisés), on se rabat sur le kermès, ces œufs de cochenilles qui parasitent les feuilles de certains chênes.

Il fallait le trouver !

En effet. La récolte est laborieuse et la fabrication très coûteuse. Mais le rouge obtenu est splendide, lumineux, solide. Les seigneurs bénéficient donc toujours d'une couleur de luxe. Les paysans, eux, peuvent recourir à la vulgaire garance, qui donne une teinte moins éclatante. Peu importe si on ne fait pas bien la différence à l'œil nu : l'essentiel est dans la matière et dans le prix. Socialement, il y a rouge et rouge ! D'ailleurs, pour l'œil médiéval, l'éclat d'un objet (son aspect mat ou brillant) prime sur sa coloration : un rouge franc sera perçu comme plus proche d'un bleu lumineux que d'un rouge délavé. Un rouge bien vif est toujours une marque de puissance, chez les laïcs comme chez les ecclésiastiques. À partir des XIIIᵉ et XIVᵉ siècles, le pape, jusque-là voué au blanc, se met au rouge. Les cardinaux, également. Cela signifie que ces considérables personnages sont prêts à verser leur sang pour le Christ… Au même moment, on peint des diables rouges sur les tableaux et, dans les romans, il y a souvent un chevalier félon et rouge, des armoiries à la housse de son cheval, qui défie le héros. On s'accommode très bien de cette ambivalence.

Et le Petit Chaperon… rouge qui s'aventure lui aussi dans la forêt du Moyen Âge ? Il entre dans ce jeu de symboles ?

Bien sûr. Dans toutes les versions du conte (la plus ancienne date de l'an mille), la fillette est en rouge. Est-ce parce qu'on habillait ainsi les enfants pour mieux les repérer de loin, comme des historiens l'ont affirmé ? Ou parce que, comme le disent certains textes anciens, l'histoire est située le jour de la Pentecôte et de la fête de l'Esprit saint, dont la couleur liturgique est le rouge ? Ou encore parce que la jeune fille allait se retrouver au lit avec le loup et que le sang allait couler, thèse fournie par des psychanalystes ? Je préfère pour ma part l'explica-tion sémiologique : un enfant rouge porte un petit pot de beurre blanc à une grand-mère habillée de noir… Nous avons là les trois couleurs de base du système ancien. On les retrouve dans d'autres contes : Blanche-Neige reçoit une pomme rouge d'une sorcière noire. Le corbeau noir lâche son fromage – blanc – dont se saisit un renard rouge… C'est toujours le même code symbolique.

Au Moyen Âge, ces codes dont vous parlez se mani-festent à travers les vêtements et l'imaginaire. Pas dans la vie quotidienne, quand même !

Mais si ! Les codes symboliques ont des consé-quences très pratiques. Prenez les teinturiers : en ville, certains d'entre eux ont une licence pour le rouge (avec l'autorisation de teindre aussi en jaune et en blanc), d'autres ont une licence pour le bleu (ils ont le droit de teindre également en vert et en noir). À Venise, Milan ou Nuremberg, les spécialistes du rouge garance ne peuvent même pas travailler le rouge kermès. On ne sort pas de sa couleur, sous peine de procès ! Ceux du rouge et ceux du bleu vivent dans des rues séparées, cantonnés dans les faubourgs parce que leurs officines empuantissent tout, et ils entrent souvent en conflit violent, s'accusant réciproquement de polluer les rivières. Il faut dire que le textile est alors la seule vraie industrie de l'Europe, un enjeu majeur.

Je parie que notre rouge, décidément insolent, ne va pas plaire aux collets montés de la Réforme.

D'autant plus qu'il est la couleur des « papistes » ! Pour les réformateurs protestants, le rouge est immoral. Ils se réfèrent à un passage de l'Apocalypse où saint Jean raconte comment, sur une bête venue de la mer, chevauchait la grande prostituée de Babylone vêtue d'une robe rouge. Pour Luther, Babylone, c'est Rome ! Il faut donc chasser le rouge du temple – et des habits de tout bon chrétien. Cette « fuite » du rouge n'est pas sans conséquence : à partir du XVIᵉ siècle, les hommes ne s'habillent plus en rouge (à l'exception des cardinaux et des membres de certains ordres de chevalerie). Dans les milieux catholiques, les femmes peuvent le faire. On va assister aussi à un drôle de chassé-croisé : alors qu'au Moyen Âge le bleu était plutôt féminin (à cause de la Vierge) et le rouge, masculin (signe du pouvoir et de la guerre), les choses s'inversent. Désormais, le bleu devient masculin (car plus discret), le rouge part vers le féminin. On en a gardé la trace : bleu pour les bébés garçon, rose pour les filles… Le rouge restera aussi la couleur de la robe de mariée jusqu'au XIXᵉ siècle.

La mariée était en rouge !

Bien sûr ! Surtout chez les paysans, c'est-à-dire la grande majorité de la population d'alors. Pourquoi ? Parce que, le jour du mariage, on revêt son plus beau vêtement et qu'une robe belle et riche est forcément rouge (c'est dans cette couleur que les teinturiers sont les plus performants). Dans ce domaine-là, on retrouve notre ambivalence : longtemps, les prostituées ont eu l'obligation de porter une pièce de vêtement rouge, pour que, dans la rue, les choses soient bien claires (pour la même raison, on mettra une lanterne rouge à la porte des maisons closes). Le rouge décrit les deux versants de l'amour : le divin et le péché de chair. Au fil des siècles, le rouge de l'interdit s'est aussi affirmé. Il était déjà là, dans la robe des juges et dans les gants et le capuchon du bourreau, celui qui verse le sang. Dès le XVIIIe siècle, un chiffon rouge signifie danger.

Y a-t-il un rapport avec le drapeau rouge des communistes ?

Oui. En octobre 1789, l'Assemblée constituante décrète qu'en cas de trouble, un drapeau rouge sera placé aux carrefours pour signifier l'interdiction d'attroupement et avertir que la force publique est susceptible d'intervenir. Le 17 juillet 1791, de nombreux Parisiens se rassemblent au Champ-de-Mars pour demander la destitution de Louis XVI, qui vient d'être arrêté à Varennes. Comme l'émeute menace, Bailly, le maire de Paris, fait hisser à la hâte un grand drapeau rouge. Mais les gardes nationaux tirent sans sommation : on comptera une cinquantaine de morts, dont on fera des « martyrs de la révolution ». Par une étonnante inversion, c'est ce fameux drapeau rouge, « teint du sang de ces martyrs », qui devient l'emblème du peuple opprimé et de la révolution en marche. Un peu plus tard, il a même bien failli devenir celui de la France.

De la France !

Mais oui ! En février 1848, les insurgés le brandissent de nouveau devant l'Hôtel de Ville. Jusque-là, le drapeau tricolore était devenu le symbole de la Révolution (ces trois couleurs ne sont d'ailleurs pas, contrairement à ce que l'on prétend, une association de la couleur royale et de celles de la ville de Paris, qui étaient en réalité le rouge et le marron : elles ont été reprises de la révolution américaine). Mais, à ce moment-là, le drapeau tricolore est discrédité, car le roi Louis-Philippe s'y est rallié. L'un des manifestants demande que l'on fasse du drapeau rouge, « symbole de la misère du peuple et signe de la rupture avec le passé », l'emblème officiel de la République. C'est Lamartine, membre du gouvernement provisoire, qui va sauver nos trois couleurs : « Le drapeau rouge, clame-t-il, est un pavillon de terreur qui n'a jamais fait que le tour du Champ-de-Mars, tandis que le drapeau tricolore a fait le tour du monde, avec le nom, la gloire et la liberté de la patrie ! » Le drapeau rouge aura quand même un bel avenir. La Russie soviétique l'adoptera en 1918, la Chine communiste en 1949… Nous avons gardé des restes amusants de cette histoire : dans l'armée, quand on plie le drapeau français après avoir descendu les couleurs, il est d'usage de cacher la bande rouge pour qu'elle ne soit plus visible. Comme s'il fallait se garder du vieux démon révolutionnaire.

Nous obéirions donc toujours à l'ancienne symbolique.

Dans le domaine des symboles, rien ne disparaît jamais vraiment. Le rouge du pouvoir et de l'aristocratie (du moins en Occident, car c'est le jaune qui tient ce rôle dans les cultures asiatiques) a traversé les siècles, tout comme l'autre rouge, révolutionnaire et prolétarien. Chez nous, en outre, le rouge indique toujours la fête, Noël, le luxe, le spectacle : les théâtres et les opéras en sont ornés. Dans le vocabulaire, il nous est resté de nombreuses expressions (« rouge de colère », « voir rouge ») qui rappellent les vieux symboles. Et on associe toujours le rouge à l'érotisme et à la passion.

Mais, dans notre vie quotidienne, il est pourtant discret.

Plus le bleu a progressé dans notre environnement, plus le rouge a reculé. Nos objets sont rarement rouges. On n'imagine pas un ordinateur rouge par exemple (cela ne ferait pas sérieux), ni un réfrigérateur (on aurait l'impression qu'il chauffe). Mais la symbolique a perduré : les panneaux d'interdiction, les feux rouges, le téléphone rouge, l'alerte rouge, le carton rouge, la Croix-Rouge (en Italie, les croix des pharmacies sont aussi rouges)… Tout cela dérive de la même histoire, celle du feu et du sang… Je vais vous raconter une anecdote personnelle. Jeune marié, j'ai un jour acheté une voiture d'occasion : un modèle pour père de famille, mais rouge ! Autant dire que la couleur et le véhicule n'allaient pas ensemble. Personne n'en avait voulu, ni les conducteurs sages qui le trouvaient trop transgressif, ni les amateurs de vitesse qui le trouvaient trop sage. On m'en avait donc fait un bon rabais. Mais ma voiture n'a pas fait long feu, si je puis dire : la grille d'un parking est tombée sur le capot et l'a totalement anéantie. Je me suis dit que les symboles avaient raison : c'était vraiment une voiture dangereuse.

3

LE BLANC

PARTOUT, IL DIT LA PURETÉ ET L'INNOCENCE

Ce cliché-là a la vie dure : « Le blanc ? entend-on fréquemment. Mais ce n'est pas une couleur ! » Il est vrai que ce pauvre blanc peine à être reconnu à sa juste valeur, et que, de tous temps, il fut l'objet d'une incroyable intransigeance. Car on n'est jamais content de lui, on lui en demande toujours davantage, on le veut « plus blanc que blanc » ! Pourtant, cette couleur-là est sans doute la plus ancienne, la plus fidèle, celle qui porte depuis toujours les symboles les plus forts, les plus universels, et qui nous parle de l'essentiel : la vie, la mort, et peut-être aussi – est-ce la raison pour laquelle nous lui en voulons tant ? – un peu de notre innocence perdue.

Quand on considère le blanc, on ne peut s'empêcher d'avoir une légère hésitation et de se demander s'il est vraiment une couleur... Est-ce une question sacrilège pour le spécialiste que vous êtes ?

C'est une question très moderne, qui n'aurait eu aucun sens autrefois. Pour nos ancêtres, il n'y avait pas de doute : le blanc était une vraie couleur (et même l'une des trois couleurs de base du système antique, au même titre que le rouge et le noir). Déjà, sur les parois grisâtres des grottes paléolithiques, on employait des matières crayeuses pour colorer les représentations animales en blanc et, au Moyen Âge, on ajoutait du blanc sur le parchemin des manuscrits enluminés (qui étaient beige clair ou coquille d'œuf). Dans les sociétés anciennes, on définissait l'incolore par tout ce qui ne contenait pas de pigments. En peinture et en teinture, il s'agissait souvent de la teinte du support avant qu'on l'utilise : le gris de la pierre, le marron du bois brut, le beige du parchemin, l'écru de l'étoffe naturelle… C'est en faisant du papier le principal support des textes et des images que l'imprimerie a introduit une équivalence entre l'incolore et le blanc, ce dernier se voyant alors considéré comme le degré zéro de la couleur, ou comme son absence. Nous n'en sommes plus là… Après de nombreux débats entre physiciens, on a finalement renoué avec la sagesse antique et on considère à nouveau le blanc comme une couleur à part entière.

Nos ancêtres étaient donc particulièrement avisés à cet égard.

Oui. Ils distinguaient même le blanc mat du blanc brillant : en latin, *albus* (le blanc mat, qui a donné en français « albâtre » et « albumine ») et *candidus* (le brillant, qui a donné « candidat », celui qui met une robe blanche éclatante pour se présenter au suffrage des électeurs). Dans les langues issues du germanique, il y a également deux mots : *blank*, le blanc brillant – proche du noir brillant (black), qui va s'imposer en français après les invasions barbares – et *weiss*, resté en allemand moderne, le blanc mat. Autrefois, la distinction entre mat et brillant, entre clair et sombre, entre lisse et rugueux, entre dense et peu saturé, était souvent plus importante que les différences entre colorations.

Il reste que, dans notre vocabulaire, le blanc est associé à l'*absence, au manque : une page blanche (sans texte), une voix blanche (sans timbre), une nuit blanche (sans sommeil), une balle à blanc (sans poudre), un chèque en blanc (sans montant)… Ou encore : « J'ai un blanc !* »

Le lexique en a effectivement gardé la trace. Mais, dans notre imaginaire, nous associons spontanément le blanc à une autre idée : celle de la pureté et de l'innocence. Ce symbole-là est extrêmement fort, il est récurrent dans les sociétés européennes et on le retrouve en Afrique et en Asie. Presque partout sur la planète, le blanc renvoie au pur, au vierge, au propre, à l'innocent… Pourquoi ? Sans doute parce qu'il est relativement plus facile de faire quelque chose d'uniforme, d'homogène, de pur avec du blanc qu'avec les autres couleurs. Dans certaines régions, la neige a renforcé ce symbole. Quand elle n'est pas souillée, elle s'étend uniformément sur les champs en prenant un aspect monochrome. Aucune autre couleur n'est aussi unie dans la nature : ni le monde végétal, ni la mer, ni le ciel, ni les pierres, ni la terre… Seule la neige suggère la pureté, et, par extension, l'innocence et la virginité, la sérénité et la paix… Dès la guerre de Cent Ans, aux XIVe et XVe siècles, on a brandi un drapeau blanc pour demander l'arrêt des hostilités : le blanc s'opposait alors au rouge de la guerre. Cette dimension symbolique est presque universelle, et constante au fil des temps.

Virginité, dites-vous... Vous rappeliez pourtant que, longtemps, la mariée fut en rouge...

Oui. Car jadis, chez les Romains par exemple, la virginité d'une femme n'avait pas l'importance qu'on lui a donnée par la suite. Avec l'institution définitive du mariage chrétien, au XIIIe siècle, il est devenu essentiel, pour des raisons d'héritage et de généalogie, que les garçons à naître soient bien les fils de leur père. Cela est devenu petit à petit une obsession. À compter de la fin du XVIIIe siècle, alors que les valeurs bourgeoises prennent le pas sur les valeurs aristocratiques, on somme les jeunes femmes d'afficher leur virginité, probablement parce que celle-ci n'allait plus de soi. Elles ont dû porter des robes blanches... Le code nous est resté. Aujourd'hui, comme le mariage n'est plus obligatoire, celles qui le choisissent cherchent à le solenniser et se marient donc selon l'ancienne tradition.

Longtemps, le blanc fut aussi une garantie de propreté.

Pendant des siècles, toutes les étoffes qui touchaient le corps (les draps, le linge de toilette et ce que l'on appelle maintenant les sous-vêtements) se devaient d'être blanches, pour des raisons d'hygiène bien sûr (le blanc était assimilé au propre ; le noir, au sale), mais aussi pour des raisons pratiques : comme on faisait bouillir les étoffes pour les laver, notamment celles de chanvre, de lin et de coton, celles-ci avaient tendance à perdre leur teinte. Le blanc, lui, était la couleur la plus stable et la plus solide. Mais, surtout, on attachait à cette pratique de véritables tabous moraux : au Moyen Âge, où il était bien plus obscène de se montrer en chemise que de se présenter nu, une chemise qui n'était pas blanche était d'une incroyable indécence.

On en est loin...

C'est tout récent ! Jamais nos arrière-grands-parents ne se seraient couchés dans des draps qui n'auraient pas été blancs ! Le passage s'est fait en douceur : on a d'abord toléré quelques teintes douces, des tons pastel (bleu ciel, rose, vert pâle) – des demi-couleurs en somme. Puis on a eu recours aux rayures : c'est un artifice classique pour briser la couleur avec du blanc et l'atténuer. À présent, nous acceptons très bien que notre corps touche des couleurs vives : nous pouvons dormir dans des draps rouges, nous essuyer avec une serviette jaune, porter des sous-vêtements violets, ce qui aurait été impensable il y a quelques décennies. Nous avons brisé un tabou ancestral... Mais le blanc n'a pas dit son dernier mot sur le sujet : nombre d'hommes estiment de nouveau qu'une étoffe blanche sur une peau féminine est susceptible d'éveiller le désir. Le blanc n'est donc pas si innocent que cela. Et malgré tout, il reste la couleur hygiénique par excellence, toujours une garantie de propreté : nos baignoires et nos réfrigérateurs sont généralement blancs.

Nous cultivons même une véritable obsession pour le blanc, comme le martèlent les publicités pour les lessives : il faut désormais que le linge soit plus blanc que blanc ! Serait-ce notre manière moderne de rechercher la pureté ?

Nous poursuivons en effet une quête du superblanc, où le symbolique rejoint sans doute le matériel. Coluche s'en moquait dans l'un de ses sketchs : « Plus blanc que blanc ? Ça doit être troué ! » On a toujours cherché à aller au-delà du blanc. Au Moyen Âge, c'était le doré qui remplissait cette fonction : la lumière très intense prenait des reflets d'or, disait-on. Aujourd'hui, on utilise parfois le bleu pour suggérer l'au-delà du blanc : le freezer des réfrigérateurs (plus froid que le froid), les bonbons à la menthe superforts, ou les glaciers que l'on dessine sur les cartes en bleu sur le fond blanc de la neige…

Il y a un autre symbole fort du blanc : celui de la lumière divine.

Oui. Alors que la Vierge a été longtemps associée au bleu, Dieu lui-même est resté perçu comme une lumière… blanche. Les anges, ses messagers, sont également en blanc. Ce symbolisme s'est renforcé avec l'institution, en 1854, du dogme de l'Immaculée Conception (le blanc devenant la seconde couleur de la Vierge). Les souverains, qui tenaient leur autorité du pouvoir divin, ont également adopté la couleur blanche, et l'ont choisie comme une manière de se distinguer dans les armées très colorées : ainsi sont blancs l'étendard et l'écharpe royaux, la cocarde de Louis XVI, le panache et le cheval d'Henri IV… Aujourd'hui encore, les membres de certaines sectes, adorateurs de la lumière ou quêteurs d'un Graal moderne, choisissent cette couleur pour leurs rituels.

On peut se demander si la science moderne n'a pas été influencée elle aussi par cette vieille mythologie : le big bang est souvent représenté par un éclat de lumière blanche.

Tout à fait. Le blanc, c'est aussi la lumière primordiale, l'origine du monde, le commencement des temps, tout ce qui relève du transcendant. On retrouve cette association dans les religions monothéistes et dans de nombreuses sociétés. L'autre face de ce symbole, c'est le blanc de la matière indécise, celui des fantômes et des revenants qui viennent réclamer justice ou sépulture, l'écho du monde des morts, porteurs de mauvaises nouvelles. Dès l'Antiquité romaine, les spectres et les apparitions sont décrits en blanc. Cela n'a pas varié. Regardez les bandes dessinées : il est impensable qu'un fantôme n'y apparaisse pas en blanc ! Contrairement à ce que l'on pourrait croire, les BD sont très conservatrices, et elles perpétuent de très vieux codes que les lecteurs comprennent inconsciemment : le blanc de l'au-delà, le bleu qui calme, le rouge qui excite, le noir qui inquiète… Une symbolique des couleurs qui ne les respecterait pas serait sans doute moins efficace.

Avec le blanc, nous sommes dans la virginité et l'innocence, mais curieusement aussi dans la vieillesse et la sagesse. Le bébé et le vieillard… Comme si, une fois encore dans cette histoire, les couleurs réunissaient les extrêmes.

Exactement. Le blanc du grand âge, celui des cheveux qui blanchissent, indique la sérénité, la paix intérieure, la sagesse. Le blanc de la mort et du linceul rejoint ainsi le blanc de l'innocence et du berceau. Comme si le cycle

de la vie commençait dans le blanc, passait par différentes couleurs, et se terminait par le blanc (d'ailleurs, en
Asie comme dans une partie de l'Afrique, le blanc est la
couleur du deuil).

*La vie vue comme un parcours dans les couleurs, du
blanc au blanc... C'est une jolie métaphore... Il y a un
autre symbole qui nous colle, si j'ose dire, à la peau : nous-
mêmes, Européens, sommes censés avoir le teint blanc.*

C'est un enjeu social ! La blancheur de la peau a toujours agi comme un signe de reconnaissance. Jadis,
puisque les paysans, qui travaillaient en plein air, avaient
le teint hâlé, les aristocrates se devaient d'avoir la peau
le moins foncée possible, pour bien s'en distinguer. Dans
les sociétés de cour du XVIIe et du XVIIIe siècle, ils
s'enduisaient de crèmes pour se faire un masque blanc
qu'ils rehaussaient en certains endroits avec du rouge.

*Ce sont les visages de plâtre qu'arborent les person-
nages de* Barry Lyndon, *film de Stanley Kubrick...*

Les petits seigneurs du XVIIIe étaient obsédés par le
souci de marquer leur différence face à des paysans

parfois plus riches qu'eux (l'expression « sang bleu » est rattaché à cette habitude : leur visage était tellement pâle et translucide que l'on en voyait les veines, et certains allaient jusqu'à les redessiner, afin de ne pas être confondus avec des laboureurs). Dans la seconde moitié du XIXᵉ siècle, il convient, cette fois, de se distinguer des ouvriers, qui ont la peau blanche puisqu'ils travaillent à l'intérieur : pour l'élite, c'est donc le temps des bains de mer et du teint hâlé. Aujourd'hui, le balancier semble reparti dans l'autre sens : à force d'être à la portée de tous, le bronzage devient vulgaire. La peur du cancer fait le reste : désormais, le grand chic est de ne pas être trop bronzé. La vraie liberté serait de ne pas se laisser prendre par ces différentes influences, mais nous obéissons malgré nous aux lois du groupe auquel nous appartenons, et nous sommes prisonniers du regard des autres.

Et du regard des autres sociétés… À ce titre, il n'est sans doute pas anodin de se penser comme des « Blancs ». Aurions-nous, par là, l'ambition de nous croire « innocents » ?

Je le crois. Nous nous pensons innocents, purs, propres, divins parfois, et peut-être même un peu sacrés… L'homme blanc n'est pas blanc, bien sûr. Pas plus que le vin blanc. Mais nous sommes attachés à ce symbole qui flatte notre narcissisme. Les Asiatiques, eux, voient dans notre blancheur une évocation de la mort : l'homme blanc européen a un teint si morbide à leurs yeux qu'il est réputé sentir véritablement le cadavre. Chacun perçoit les autres en fonction de sa propre symbolique. En Afrique, où il est important d'avoir la peau brillante et luisante (soit naturellement, soit artificiellement), la peau mate et sèche des Européens est vue comme maladive. Chaque regard est culturel. Nos préjugés sociaux se jouent dans le sentiment de notre propre couleur.

Ce qui est frappant avec le blanc, c'est l'étonnante pérennité de son symbolisme. Contrairement aux autres couleurs, il n'a pas changé au fil des siècles.

Les racines symboliques du blanc – l'innocence, la lumière divine, la pureté – sont presque universelles et remontent très haut dans le temps. Sans le savoir, nous y sommes toujours rattachés. Le monde moderne y a peut-être ajouté un ou deux symboles, celui du froid par exemple, mais, pour l'essentiel, nous vivons toujours avec cet imaginaire antique. Et, comme la symbolique des couleurs est un phénomène de très longue durée, il n'y a aucune raison pour que cela s'arrête.

4

LE VERT

CELUI QUI CACHE BIEN SON JEU

Quelle plaie ! Tout le monde s'est mis au vert :
espaces verts, numéros verts, classes vertes,
prix verts, Parti vert… Et jusqu'à nos poubelles, que l'on repeint dans cette couleur
censée évoquer la nature et la propreté. N'en
jetez plus ! Le symbole est trop beau pour être
vrai, et nous ferions mieux de nous méfier, car,
contrairement aux apparences, le vert n'est pas
une couleur honnête. C'est un roublard qui, au
fil des siècles, a toujours caché son jeu, un
fourbe responsable de plus d'un mauvais coup,
un hypocrite qui aime les eaux troubles, une
couleur dangereuse dont la vraie nature est
l'instabilité ! Ce qui, somme toute, correspond
assez bien à notre époque perturbée.

Tout historien que vous êtes, vous n'en avez pas moins, envers les couleurs, votre part de subjectivité : votre couleur préférée, c'est le vert. Connaissez-vous l'origine de cette faiblesse ?

Cela remonte à mon enfance, et à ma passion pour la peinture. Trois de mes grands-oncles étaient peintres de profession, même s'ils ne gagnaient pas facilement leur vie (l'un d'eux, spécialisé dans le portrait d'enfant pour famille bourgeoise, a d'ailleurs été ruiné par le développement de la photographie). Mon père adorait l'art, lui aussi, et il m'emmenait fréquemment dans les musées... J'ai logiquement bénéficié de cette tradition familiale et je suis devenu, dès l'adolescence, un peintre du dimanche. Je réalisais surtout des tableaux en camaïeu de verts. Pourquoi cette couleur ? Peut-être parce que, enfant de la ville, j'étais fasciné par la campagne, et parce que c'était un bel exercice de retrouver et d'associer sur la toile les verts de la nature. Peut-être aussi parce que je savais déjà que le vert était considéré comme une couleur moyenne, plutôt mal aimée, et que je voulais d'une certaine manière la réhabiliter.

Qu'entendez-vous par « moyenne » ?

Une couleur médiane, non violente, paisible… Cela apparaît très clairement dans les textes romains et médiévaux, et dans un célèbre traité de Goethe de la fin du XVIIIe siècle : celui-ci (qui adore le bleu) recommande le vert pour les papiers peints, l'intérieur des appartements et spécialement, dit-il, la chambre à coucher. Il lui trouve des vertus apaisantes. Les théologiens qui ont codifié les couleurs liturgiques avaient la même opinion : le vert a été institué couleur des dimanches ordinaires.

C'est une couleur un peu terne, alors, sans histoire…

Détrompez-vous ! Jusqu'au XVIIe siècle, il a au contraire manifesté un caractère transgressif et turbulent. J'ai retrouvé une lettre d'un protestant français qui s'est rendu à la Foire de Francfort dans les années 1540 : « On voit beaucoup d'hommes habillés en vert, raconte-t-il, alors que, chez nous, cela traduirait un cerveau un peu gaillard. Mais ici ça semble sentir son bien ! » Excepté en Allemagne, le vert était donc considéré comme excentrique. En fait, c'est une couleur passionnante pour l'historien, car il y a chez elle une étonnante fusion entre la technique et la symbolique.

Racontez-moi cela.

Le vert avait jadis la particularité d'être une couleur chimiquement instable. Il n'est pas très compliqué à obtenir : de nombreux produits végétaux, feuilles, racines, fleurs, écorces, peuvent servir de colorants verts. Mais le stabiliser, c'est une autre paire de manches ! En teinture, ces colorants tiennent mal aux fibres, les tissus prennent rapidement un aspect délavé. Même chose en peinture : les matières végétales (que ce soit l'aulne, le bouleau, le poireau ou même l'épinard) s'usent à la lumière ; et les matières artificielles (par exemple le vert-de-gris, qui s'obtient en oxydant du cuivre avec du vinaigre, de l'urine ou du tartre), bien que donnant de beaux tons intenses et lumineux, sont corrosives : le vert fabriqué de cette manière est un véritable poison (en allemand, on parle de *Giftgrün*, vert poison) ! Jusqu'à une période relativement récente, les photographies en couleurs étaient, elles aussi, concernées par ce caractère très volatil du vert. Regardez les instantanés des années

1960 : quand les couleurs sont passées, c'est toujours le vert qui s'est effacé en premier. Conclusion : quelle que soit la technique, le vert est instable, parfois dangereux.

Couleur instable, elle est devenue la couleur de l'instabilité ?

Exactement. La symbolique du vert s'est presque entièrement organisée autour de cette notion : il représente tout ce qui bouge, change, varie. Le vert est la couleur du hasard, du jeu, du destin, du sort, de la chance... Dans le monde féodal, c'est sur un pré vert que l'on s'affrontait en duel judiciaire ; les jongleurs, les bouffons, les chasseurs s'habillaient de vert, de même que les jeunes et les amoureux, qui ont, comme on le sait, un caractère changeant (le « vert paradis des amours enfantines », ces émois naissants susceptibles de varier). Dès le XVIe siècle, dans les casinos de Venise, on jette les cartes sur des tapis verts (d'où l'expression « langue verte » : l'argot des joueurs) et, au XVIIe siècle, c'est aussi sur des tables vertes que l'on joue à la cour. Partout, on place son argent, ses cartes ou ses jetons sur de la couleur verte. C'est encore le cas aujourd'hui : les tables des conseils d'administration, où se décide le destin des entreprises, sont vertes. Les terrains de sport également, et pas seulement parce qu'il s'agit de pelouse : regardez la plupart des courts de tennis en dur et les tables de ping-pong.

Vert, couleur de la chance donc, et pas seulement de l'espérance... J'imagine que, comme pour les autres couleurs, le symbole est à double tranchant.

Bien sûr ! Le vert représente la chance mais aussi la malchance, la fortune mais aussi l'infortune, l'amour naissant mais aussi l'amour infidèle, l'immaturité (des fruits verts) mais aussi la vigueur (un vieillard vert)... Au fil du temps, c'est la dimension négative qui l'a emporté : à cause de son ambiguïté, cette couleur a toujours inquiété. Ainsi, on a pris l'habitude de représenter en verdâtre les mauvais esprits, démons, dragons, serpents et autres créatures maléfiques qui errent dans l'entre-deux, entre le monde terrestre et l'au-delà. Les petits hommes verts de Mars, qui ne nous veulent pas du bien, ne sont autres que les successeurs des démons médiévaux. Aujourd'hui, les comédiens refusent toujours de porter un vêtement vert sur scène (la légende dit que Molière serait mort vêtu d'un habit de cette couleur) ; dans l'édition, les couvertures vertes des livres sont supposées avoir moins de succès, et les bijoutiers savent que les émeraudes se vendent moins que les autres pierres parce qu'elles ont la réputation de porter malheur. Toutes ces superstitions viennent d'un temps où le vert était instable et empoisonné.

Est-ce un hasard si le dollar, le roi des billets, est vert ?

Il n'y a jamais de hasard dans le choix des couleurs ! Autrefois, le symbole de l'argent, c'était le doré et l'argenté, qui, dans l'imaginaire populaire, rappelaient le métal précieux des pièces de monnaie. Quand les premiers billets de dollars ont été fabriqués, entre 1792 et 1863, le vert était déjà associé aux jeux d'argent et, par extension, à la banque et à la finance. Les imprimeurs n'ont fait que prolonger l'ancienne symbolique. Si l'argent n'a pas d'odeur, il a bien une couleur.

Cette instabilité du vert n'est-elle pas due au fait qu'il est une couleur un peu « entre-deux », le fruit du mélange du bleu et du jaune ?

C'est une idée récente ! Jamais nos ancêtres, avant le XVIIe siècle, n'auraient pensé fabriquer du vert par un tel mélange ! Ils savaient très bien l'obtenir directement et, sur l'échelle des couleurs, ils ne le situaient pas entre le bleu et le jaune. Le classement le plus courant était celui d'Aristote : blanc, jaune, rouge, vert, bleu, noir… C'est la découverte du spectre par Newton qui nous a donné un autre classement, et ce n'est qu'au XVIIIᵉ siècle que l'on a vraiment commencé à mélanger le jaune et le bleu pour faire du vert. Oudry, un peintre français, s'est d'ailleurs scandalisé de voir ses collègues de l'Académie des beaux-arts se livrer à une telle pratique. Les teinturiers, qui étaient très spécialisés, comme nous l'avons déjà vu, ont opposé eux aussi une résistance : les cuves de jaune et de bleu ne se trouvaient du reste pas dans les mêmes ateliers. Ils ont quand même fini par en venir au mélange, en utilisant l'indigo américain, importé massivement au XVIIIᵉ siècle (la maîtrise de la Méditerranée par les Turcs gênait depuis le XVIᵉ siècle l'approvisionnement en matières colorantes asiatiques). Une fois encore, la géopolitique a joué un rôle dans cette histoire.

Mais une couleur qui résultait d'un mélange n'avait pas la même valeur que les autres.

Les chimistes du XVIIIᵉ siècle l'ont prétendu : ils ont avancé une théorie pseudo-scientifique définissant des couleurs « primaires » (jaune, bleu, rouge) et des couleurs « complémentaires » (vert, violet, orange). Cette thèse a influencé les artistes du XIXᵉ et du XXᵉ siècle, au point que de nombreuses écoles picturales ont décidé de ne plus pratiquer que les couleurs dites « primaires », et éventuellement le blanc et le noir. Le mouvement du design, notamment celui du Bauhaus, qui souhaitait

mettre en harmonie la couleur et la fonction des objets, a
cru naïvement à cette « vérité » scientifique et a parlé de
couleurs pures et de couleurs impures, de chaudes et de
froides, de statiques et de dynamiques... Et c'est notre
vert, ravalé au second rang, qui en a le plus souffert !
Des peintres tel Mondrian l'ont presque banni de leurs
productions. Sous prétexte de se conformer à la science,
l'art a exclu le vert du monde des couleurs.

*Pseudo-scientifique, dites-vous. Cette théorie des cou-
leurs primaires et complémentaires est pourtant encore
proposée de nos jours. Elle serait donc absurde ?*

Elle ne repose sur aucune réalité sociale, elle nie tous
les systèmes de valeurs et de symboles qui se sont attachés
à la couleur depuis des siècles, elle refuse d'admettre
que celle-ci est d'abord un phénomène essentiellement
culturel. Une telle classification témoigne d'une étonnante méconnaissance de l'Histoire. Curieusement, elle
a suscité une autre symbolique du vert : celui-ci étant
considéré comme le « complémentaire » du rouge, couleur de l'interdit, il est devenu son contraire, la couleur
de la permissivité. Cette idée s'est imposée à partir des
années 1800, quand on a inventé une signalétique inter-
nationale pour les bateaux, puis a été reprise plus tard
pour les trains et les voitures. Aujourd'hui, notre société
urbaine en quête de chlorophylle en a fait un symbole de

liberté, de jeunesse, de santé, ce qui aurait été incompréhensible pour un Européen de l'Antiquité, du Moyen Âge et même de la Renaissance. Car, pour eux, le vert n'avait rien à voir avec la nature.

Allons donc ! Rien à voir avec la nature ?

Nos esprits modernes ont du mal à le comprendre, mais, jusqu'au XVIIIᵉ siècle, la nature était surtout définie par les quatre éléments : le feu, l'air, l'eau, la terre. Seul le vocabulaire suggérait une relation entre le vert et la végétation : le mot latin *viridis* associe l'énergie, la virilité (*vir*) et la sève. Mais, dans nombre de langues anciennes, on confond le vert, le bleu et le gris en un même terme, la couleur de la mer en somme (c'est encore le cas en breton moderne, avec le mot *glas*). C'est peut-être l'islam primitif qui, le premier, a associé vert et nature : à l'époque de Mahomet, tout endroit verdoyant était synonyme d'oasis, de paradis. On dit que le Prophète lui-même aimait porter un turban et un étendard verts. Cette couleur est devenue emblématique dans le monde musulman, ce qui a contribué peut-être à la dévaloriser aux yeux des chrétiens dans les périodes d'hostilité.

En Occident, l'association du vert et de la nature est donc plus tardive.

Elle remonte à l'époque romantique. Par la suite, dans la seconde moitié du XIXe siècle, au moment où certains commerces urbains se dotent de signes de reconnaissance, les apothicaires, dont la pharmacopée est à base de plantes, ont choisi ce vert végétal pour leurs croix (en Italie cependant, les croix des pharmacies sont rouges comme le sang de la vie). Remarquons que, depuis une vingtaine d'années en France, certaines pharmacies optent pour une croix bleue, sans doute pour rappeler le bleu hospitalier ou pour associer la pharmacie, non plus aux plantes, mais à la science et à la technique.

Tout ce qui est vert est maintenant présenté comme un gage de fraîcheur et de naturel.

Oui. Le vert de la végétation est devenu celui de l'écologie et de la propreté. À Paris, les poubelles, les bennes à ordures, et même les vêtements des éboueurs sont de cette couleur. Le vert est devenu le symbole de la lutte contre l'immondice, la plus hygiénique des couleurs contemporaines avec le blanc. Et nous avons maintenant des espaces verts et des classes vertes (déjà Zola disait aller « se mettre au vert à Auteuil », une expression qui semble assez cocasse aujourd'hui). On constate aussi, depuis une quinzaine d'années, une vraie frénésie de vert dans les logos et les armoiries des villages, des villes, des régions.

Et des clubs de football...

Oui. Les emblèmes des premiers clubs sportifs à la fin du XIXe siècle étaient essentiellement noir, rouge et blanc. Puis les couleurs ont évolué : blanc et rouge, blanc et noir, blanc et bleu... En football, le jaune (Nantes) et le vert (Saint-Étienne) sont plus récents et nous viennent probablement de l'engouement pour les équipes d'Amérique du Sud. Dans les enquêtes d'opinion, le vert vient en deuxième position des couleurs préférées, après le bleu. Et on l'associe maintenant à... la gratuité (« numéro vert »). En fait, nos sociétés contemporaines ont entrepris une grande revalorisation du vert, autrefois couleur du désordre et de la transgression, désormais couleur de la liberté. Somme toute, je n'ai pas fait un mauvais choix.

5

LE JAUNE

TOUS LES ATTRIBUTS DE L'INFAMIE !

On ne l'aime pas trop, celui-là ! Dans le petit monde des couleurs, le jaune est l'étranger, l'apatride, celui dont on se méfie et que l'on voue à l'infamie. Jaune comme les photos qui pâlissent, comme les feuilles qui meurent, comme les hommes qui trahissent… Jaune était la robe de Judas. Jaune, la couleur dont on affublait autrefois la maison des faux-monnayeurs. Jaune aussi, l'étoile qui désignait les juifs et les destinait à la déportation… Aucun doute, le jaune n'a pas une très belle histoire ni une bonne réputation. Mais pour quelles raisons ? Dévoilons enfin le mystère de la couleur jaune…

Le jaune est assurément la couleur la moins aimée, celle que l'on n'ose pas trop montrer et qui, parfois, fait honte. Qu'a-t-elle donc fait de si terrible pour mériter une telle réputation ?

Elle n'a pas toujours eu une mauvaise image. Dans l'Antiquité, on appréciait plutôt le jaune. Les Romaines, par exemple, ne dédaignaient pas de porter des vêtements de cette couleur lors des cérémonies et des mariages. Dans les cultures non européennes – en Asie, en Amérique du Sud – le jaune a toujours été valorisé : en Chine, il fut longtemps la couleur réservée à l'empereur, et il occupe toujours une place importante dans la vie quotidienne chinoise, associé au pouvoir, à la richesse, à la sagesse. Mais, c'est vrai, en Occident, le jaune est la couleur que l'on apprécie le moins : dans l'ordre des préférences, il est cité en dernier rang (après le bleu, le vert, le rouge, le blanc et le noir).

Sait-on d'où vient cette désaffection ?

Il faut remonter pour cela au Moyen Âge. La princi-
pale raison de ce désamour est due à la concurrence
déloyale de l'or : au fil des temps, c'est en effet la couleur dorée qui a absorbé les symboles positifs du jaune,
tout ce qui évoque le soleil, la lumière, la chaleur, et par
extension la vie, l'énergie, la joie, la puissance. L'or est
vu comme la couleur qui luit, brille, éclaire, réchauffe.
Le jaune, lui, dépossédé de sa part positive, est devenu
une couleur éteinte, mate, triste, celle qui rappelle
l'automne, le déclin, la maladie… Mais, pis, il s'est vu
transformé en symbole de la trahison, de la tromperie, du
mensonge… Contrairement aux autres couleurs de base,
qui ont toutes un double symbolisme, le jaune est la
seule à n'en avoir gardé que l'aspect négatif.

Comment ce caractère négatif s'est-il manifesté ?

On le voit très bien dans l'imagerie médiévale, où les
personnages dévalorisés sont souvent affublés de vêtements jaunes. Dans les romans, les chevaliers félons,
comme Ganelon, sont décrits habillés de jaune. Regardez
les images qui, en Angleterre, en Allemagne, puis dans

toute l'Europe occidentale, représentent Judas. Au fil des temps, cette figure cumule les attributs infamants : on le dépeint d'abord avec les cheveux roux, puis, à partir du XIIe siècle, on le représente avec une robe jaune et, pour parachever le tout, on le fait gaucher ! Pourtant, aucun texte évangélique ne nous décrit la couleur de ses cheveux ni celle de sa robe. Il s'agit là d'une pure construction de la culture médiévale. Des textes de cette époque le disent d'ailleurs clairement : le jaune est la couleur des traîtres ! L'un d'eux relate comment on a peint en jaune la maison d'un faux-monnayeur et comment il a été condamné à revêtir des habits jaunes pour être conduit au bûcher. Cette idée de l'infamie a traversé les siècles. Au XIXe, les maris trompés étaient encore caricaturés en costume jaune ou affublés d'une cravate jaune.

On comprend bien comment la symbolique du déclin a pu lui être associée. Mais pourquoi le mensonge ?

Eh bien, nous n'en savons rien ! Dans l'histoire complexe des couleurs que nous racontons ici, nous voyons bien que les codes et les préjugés qui leur sont attachés ont une origine assez logique : l'univers du sang et du feu pour le rouge, celui du destin pour le vert, en raison de l'instabilité de la couleur elle-même… Mais, pour le jaune, nous n'avons pas d'explication ! Ni dans les éléments qu'il évoque spontanément (le soleil), ni dans la fabrication de la couleur elle-même. On obtient le jaune avec des végétaux telle la gaude, une sorte de réséda qui est aussi stable en teinture qu'en peinture le sont les jaunes fabriqués à base de sulfures tel l'orpiment ; le safran en teinture a les mêmes qualités : la teinture jaune tient bien, elle ne trahit pas son artisan, la matière ne trompe pas comme le vert le fait, elle résiste bien…

Faudrait-il alors chercher du côté du soufre, qui évoque évidemment le diable ?

Il est possible que la mauvaise réputation du soufre, qui provoque parfois des troubles mentaux et qui passe pour diabolique, ait joué, mais cela est insuffisant… Le jaune est une couleur qui glisse entre les doigts de l'historien. L'iconographie, les textes qui édictent les règlements vestimentaires religieux et somptuaires, les livres des teinturiers – en bref, tous les documents dont nous disposons – sont curieusement peu bavards à son sujet. Dans les manuels de recettes pour fabriquer les couleurs datant de la fin du Moyen Âge, le chapitre consacré au jaune est toujours le moins épais et il se trouve relégué à la fin du livre. Nous ne pouvons que constater que, vers le milieu de la période médiévale, partout en Occident, le jaune devient la couleur des menteurs, des trompeurs, des tricheurs, mais aussi la couleur de l'ostracisme, que l'on plaque sur ceux que l'on veut condamner ou exclure, comme les juifs.

Le Jaune   83

*Déjà, en cette fin de Moyen Âge, on invente l'étoile
jaune ?*

Oui. C'est Judas qui transmet sa couleur symbolique à
l'ensemble des communautés juives, d'abord dans les
images, puis dans la société réelle : à partir du XIIIe siècle,
les conciles se prononcent contre le mariage entre chrétiens et juifs et demandent à ce que ces derniers portent
un signe distinctif. Au début, celui-ci est une rouelle, ou
bien une figure comme les tables de la Loi, ou encore
une étoile qui évoque l'Orient. Tous ces signes s'ins-
crivent dans la gamme des jaunes et des rouges. Plus
tard, en instituant le port de l'étoile jaune pour les juifs,
les nazis ne feront que puiser dans l'éventail des symboles médiévaux, une marque d'autant plus forte que
cette couleur se distinguait particulièrement sur les vêtements des années 1930, majoritairement gris, noirs,
bruns ou bleu foncé.

*Quand le jaune devient le symbole, négatif, de la
félonie, c'est précisément le moment où la société médiévale se crispe...*

... et où le christianisme n'a plus d'ennemis à l'exté-
rieur. Les croisades ayant échoué, on se cherche plutôt

des ennemis à l'intérieur, et on acquiert une mentalité d'assiégé. En découle une extraordinaire intolérance envers les non-chrétiens qui vivent en terre chrétienne, comme les juifs, et envers les déviants, tels les hérétiques, les cathares, les sorciers. On crée pour eux des codes et des vêtements d'infamie. Cet esprit d'exclusion ne va pas s'apaiser avec la Réforme chez les protestants : en terre huguenote, on manifeste le même rejet des non-chrétiens et des hérétiques.

La Renaissance ne va rien changer au statut du jaune ?

Non. On le voit bien dans la peinture. Alors que le jaune était bien présent dans les peintures pariétales (avec les ocres) et les œuvres grecques et romaines, il régresse dans la palette des peintres occidentaux des XVIe et XVIIe siècles, malgré l'apparition de nouveaux pigments comme le jaune de Naples, qu'utilisent les peintres hollandais du XVIIe siècle (notons cependant que, sur les peintures murales, certains jaunes ont pu pâlir et s'estomper au fil du temps). Même constat avec les vitraux : ceux du début du XIIe siècle comportent du jaune, puis la dominante change et devient bleu et rouge. Le jaune n'est presque plus utilisé que pour indiquer les traîtres et les félons. Cette dépréciation va perdurer jusqu'aux impressionnistes.

On songe évidemment aux champs de blé et aux tour-
nesols de Van Gogh…

… et aux tableaux des fauves, puis aux jaunes exces-
sifs de l'art abstrait. Dans les années 1860-1880, il se
produit un changement de palette chez les peintres, qui
passent de la peinture en atelier à la peinture en exté-
rieur, et un autre changement quand on passe de l'art
figuratif au semi-figuratif, puis à la peinture abstraite :
celle-ci utilise moins la polychromie, elle use moins des
nuances. C'est aussi le moment où, comme nous l'avons
vu précédemment, l'art se donne une caution scientifique et affirme qu'il y a trois couleurs primaires : le
bleu, le rouge et notre jaune qui, contrairement au vert,
se voit donc brusquement valorisé. Il est possible que le
développement de l'électricité ait également contribué à
cette première réhabilitation.

Une fois encore, ce changement de statut du jaune se
produit à une période-clef, la fin du XIXe siècle, qui est
aussi celle des bouleversements de la vie privée et des
mœurs.

Oui. Les couleurs reflètent en fait les mutations
sociales, idéologiques et religieuses, mais elles restent

aussi prisonnières des mutations techniques et scientifiques. Cela entraîne des goûts nouveaux et, forcément,
des regards symboliques différents.

*Et puis il y a le maillot jaune du Tour de France. Lui
aussi, il redonne un coup de jeune au jaune.*

Au départ, il s'agissait d'une opération publicitaire
lancée en 1919 par le journal *L'Auto*, l'ancêtre de
L'Équipe, qui était imprimé sur un papier jaunâtre. La
couleur est restée celle du leader. L'expression « maillot
jaune » s'est étendue à d'autres domaines sportifs et à
d'autres langues : en Italie, on l'emploie pour désigner
un champion, alors que le premier du Tour d'Italie porte
un maillot rose ! L'art et le sport ont donc contribué à
réinsérer le jaune dans une certaine modernité.

*Mais pas dans la vie quotidienne, ni dans les goûts
des Occidentaux. Le jaune infamant est toujours là, dans
notre vocabulaire en tout cas : on dit qu'un briseur de
grève est un « jaune ». On dit aussi « rire jaune ».*

L'expression française « jaune » pour désigner un traître
remonte au XVe siècle, et elle reprend la symbolique

médiévale. Quant au « rire jaune », il est lié au safran, réputé provoquer une sorte de folie qui déclenche un rire incontrôlable. Les mots ont une vie très longue, qu'on ne peut éliminer. Qu'on le veuille ou non, le jaune reste la couleur de la maladie : on a encore le « teint jaune », surtout en France, où l'on connaît bien les maladies du foie. Pour un spécialiste des sociétés anciennes, tout signe est motivé. Au Moyen Âge, on pensait qu'un mot désignant un être ou une chose avait à voir avec la nature de cet être ou de cette chose. L'arbitraire était impensable dans la culture médiévale. Les mots sont-ils des constructions purement intellectuelles ou correspondent-ils à des réalités plus tangibles ? On en débat depuis Platon et Aristote !

Notre jaune ne s'est donc pas complètement débarrassé de ses oripeaux. On s'en méfie toujours un peu, non ?

Il est peu abondant dans notre vie quotidienne : dans les appartements, on s'autorise parfois quelques touches de jaune pour égayer, mais avec modération. Nous l'admettons dans nos cuisines et nos salles de bains, lieux où l'on se permet quelques écarts chromatiques, mais on est revenu de la folie des années 1970, où on le mettait à toutes les sauces, l'associant même à des marrons et à du vert pomme. Les voitures jaunes, par exemple, restent rares.

À l'exception de celles de la Poste ?

C'est récent. Depuis le XVIIe siècle, la Poste, qui dépendait de la même administration que les Eaux et Forêts, était associée au vert. Le changement a eu lieu quand j'étais adolescent, avec les premières voitures Citroën à carrosserie jaune, probablement par imitation des postes allemandes et suisses, qui avaient adopté le jaune. On a tout simplement eu le souci de mieux distinguer ce service et, comme le rouge était déjà pris par les pompiers… On voit ainsi que le jaune fait parfois fonction de demi-rouge : c'est le carton jaune du football. Autre constat : le doré n'est plus vraiment son rival, beaucoup d'Européens du Nord lui ayant tourné le dos.

Pour quelles raisons ?

Peut-être est-ce un reliquat de la haine des moralistes protestants envers les fastes et les bijoux. Depuis le XXe siècle, la couleur or est devenue vulgaire. Les bijoutiers savent que la majorité des clients préfèrent l'or blanc et l'argenté plutôt que le doré. Et, dans les salles de bains, les robinets dorés, qui furent un temps à la mode, ne le sont plus. Le vrai rival du jaune, aujourd'hui, c'est l'orangé, qui symbolise la joie, la vitalité, la vitamine C. L'énergie du soleil se voit mieux représentée par le jus d'orange que par le jus de citron (le jaune a aussi un caractère acide). Seuls les enfants le plébiscitent : dans leurs dessins, il y a souvent un soleil bien jaune et des fenêtres éclairées en jaune. Mais ils se détachent de ce symbolisme en grandissant. À partir d'un certain âge, chacun prend en compte plus ou moins inconsciemment le regard des autres, et adopte les codes et mythologies en vigueur. Ainsi les goûts des adultes sont-ils non plus spontanés, mais biaisés par le jeu social et imprégnés par les traditions culturelles.

Va-t-on vers une vraie réhabilitation du jaune ?

C'est le cas dans le sport : exporté comme le vert par les clubs de football d'Amérique du Sud, le jaune s'insinue dans les maillots et les emblèmes. Si revalorisation du jaune il y a, elle passera d'abord par les femmes et par les vêtements de loisir (à l'égard desquels on s'autorise davantage de liberté). Si j'étais styliste, je m'engouffrerais dans cette voie… Je pense que, si des changements s'opèrent dans nos habitudes des couleurs, qui se jouent sur la longue durée, ce sera dans les nuances de jaune. Étant tombée très bas, et ayant commencé à se relever doucement, cette couleur-là ne peut que se redresser. Le jaune a un bel avenir devant lui.

6

LE NOIR

DU DEUIL À L'ÉLÉGANCE…

Noir, c'est… pas noir ! Et tant pis pour la chanson. Certes, cette couleur-là est à prendre avec des pincettes, comme le charbon, mais elle n'est pas si uniforme ni si désespérée, ni si noire en somme, qu'on veut bien le croire. La preuve : si elle suit encore les corbillards et se niche dans les dernières sacristies, elle habille aussi les branchés. Désormais, l'élégance est en noir. Mais il y a plus encore : avec le blanc, son compère, le noir nous a construit un imaginaire à part, une représentation du monde véhiculée par la photo et le cinéma, parfois plus véridique que celle décrite par les couleurs. L'univers du noir et blanc, que l'on croyait relégué dans le passé, est toujours là, profondément ancré dans nos rêves et peut-être dans notre manière de penser.

Voici donc l'autre enfant terrible des couleurs, le noir, qui, comme le blanc, fait bande à part dans notre histoire. Vraie couleur ? Pas vraiment une couleur ? En tout cas, il a une réputation plutôt sombre...

Pas plus que les autres couleurs ! Spontanément, nous pensons à ses aspects négatifs : les peurs enfantines, les ténèbres, et donc la mort, le deuil. Cette dimension est omniprésente dans la Bible : le noir est irrémédiablement lié aux épreuves, aux défunts, au péché et, dans la symbolique des couleurs propres aux quatre éléments, il est associé à la terre, c'est-à-dire aussi à l'enfer, au monde souterrain... Mais il y a également un noir plus respectable, celui de la tempérance, de l'humilité, de l'austérité, celui qui fut porté par les moines et imposé par la Réforme. Il s'est transformé en noir de l'autorité, celui des juges, des arbitres, des voitures des chefs d'État (mais cela est en train de changer), etc. Et nous connaissons aujourd'hui un autre noir, celui du chic et de l'élégance.

On ne voit d'ailleurs pas pourquoi cette couleur-là aurait échappé à l'ambivalence symbolique qui, si vous on suit bien, caractérise la plupart des autres.

Exactement. Il y a un bon noir et un mauvais noir, voilà tout ! Dans les sociétés anciennes, on utilisait deux mots pour le qualifier : en latin, *niger*, qui désigne le noir brillant (il a donné le français « noir »), et *ater* (d'où vient « atrabilaire », qualifiant la bile noire), qui signifie noir mat, noir inquiétant. Cette distinction entre brillant et mat était très vive autrefois, et elle l'est encore pour les Noirs africains (que les Français appellent parfois « Blacks », comme si le mot anglais avait moins de consonances coloniales) : une belle peau doit être la plus brillante possible, le mat évoquant la mort et l'enfer. Nos ancêtres étaient incontestablement plus sensibles que nous aux différentes nuances de noir. D'autant plus que, pendant longtemps, il leur a été difficile de fabriquer cette couleur.

Le noir, dit-on parfois, est la couleur qui contient toutes les autres.

Si on mélange toutes les couleurs, on arrive plutôt à une sorte de brun ou de gris. Chimiquement, le vrai noir est difficile à atteindre. En peinture, on ne l'obtient qu'en petites quantités, en recourant à des produits coûteux, tel l'ivoire calciné, qui donne une teinte magnifique mais hors de prix. Quant aux noirs fabriqués avec des résidus de fumée, ils ne sont ni denses ni très stables. Ce qui explique que, jusqu'à la fin du Moyen Âge, le noir est assez peu présent dans les peintures, du moins sur de grandes surfaces (on l'utilise néanmoins en petites quantités dans les enluminures). Curieusement, c'est la morale qui a donné un coup de fouet à la technique : très sollicités pour fabriquer des couleurs « sages », les teinturiers italiens de la fin du XIVᵉ siècle réalisent alors des progrès dans la gamme des noirs, d'abord sur les soieries, puis sur les étoffes de laine. La Réforme déclare la guerre aux tons vifs et professe une éthique de l'austère et du sombre (qui nous influence encore beaucoup aujourd'hui). Les grands réformateurs se font portraiturer vêtus de la couleur humble du pécheur. Le noir devient alors une couleur à la mode non seulement chez les ecclésiastiques, mais également chez les princes : Luther s'habille de noir ; Charles Quint aussi.

Cette mode a perduré.

Oui. Le noir élégant de nos tenues de gala est l'héritier direct du noir princier de la Renaissance. À partir du

XIXe siècle, on utilise des couleurs de synthèse extraites du charbon et du goudron. Cette fois, ce sont les uniformes de ceux qui détiennent l'autorité – douaniers, policiers, magistrats, ecclésiastiques et même pompiers – qui sont noirs (ils passeront progressivement au bleu marine). Le noir se démocratise. Mais, en perdant sa valeur économique, la couleur perd aussi un peu de sa magie et de sa force symbolique.

Le noir n'est pas partout la couleur du deuil, n'est-ce pas ?

En effet. En Asie, si le noir est également associé à la mort et à l'au-delà, le deuil se porte en blanc. Pourquoi ? Parce que le défunt se transforme en un corps de lumière, un corps glorieux ; il s'élève vers l'innocence et l'immaculé. En Occident, le défunt retourne à la terre, il redevient cendres, il part donc vers le noir. Déjà, chez les Romains, le vêtement de deuil était gris, couleur de cendre. Le christianisme a cultivé ce symbole : il a toujours associé le deuil au sombre (qui a pu être aussi brun, violet ou bleu foncé). Jusqu'au XVIe siècle, seuls les aristocrates pouvaient s'offrir un habit de deuil, le noir étant très coûteux. Progressivement, la paysannerie suivra.

Le noir en politique n'était pas non plus de bon augure.

Le drapeau noir était autrefois celui des pirates et il signifiait la mort. Il a été repris par les anarchistes au XIXe siècle et est venu empiéter sur le drapeau rouge du côté de l'ultragauche. Il est fascinant de voir comment les couleurs politiques ont toujours été ainsi débordées sur leur flanc par une autre couleur. Le noir de l'ultragauche a rejoint le noir de l'ultradroite, qui représentait, selon les pays, le parti conservateur, le parti monarchiste ou celui de l'Église. Les extrêmes finissent toujours par se rencontrer.

Au-delà de sa symbolique propre, le noir a une caractéristique : il est toujours associé au blanc, son contraire.

Cela n'a pas toujours été le cas. Les couples rouge-blanc et rouge-noir sont perçus comme des contrastes plus forts en Orient, et ils l'ont parfois été en Occident. Le jeu d'échecs en est un bel exemple. À sa naissance, en Inde, vers le VIe siècle, il comportait des pièces rouges et des pièces noires. Les Persans et les musulmans, qui l'ont vite adopté, ont gardé cette opposition. Quand le jeu est arrivé chez nous, vers l'an mille, les Européens ont changé la donne et ont fait s'affronter des rouges contre des blancs. C'est seulement à la Renaissance que l'on est passé au couple actuel : noir contre blanc… Sombre contre clair, en somme.

Comme le blanc, le noir a vu lui aussi son statut de couleur contesté.

Oui. Ils se sont trouvé tous les deux mis à l'écart du monde des couleurs. Plusieurs facteurs ont contribué à cette rupture. D'abord, la théorie de la couleur « lumière », qui s'est développée à la fin du Moyen Âge. Tant que l'on pensait que la couleur était de la matière, il n'y avait pas de problème : les matières noires existaient, et le noir était une couleur comme les autres, un point c'est tout. Mais, si la couleur était lumière, le noir n'était-il pas l'absence de lumière, donc… l'absence de couleur ? On a ainsi commencé à le regarder d'un œil différent. Deuxième changement : comme nous l'avons vu en racontant l'histoire du blanc, l'apparition de l'image gravée et de l'imprimerie a peu à peu imposé le couple noir-blanc. Au même moment, la Réforme privilégie ces deux couleurs et les distingue des autres au nom de l'austérité. Troisième changement : c'est la science, une fois encore, qui s'en mêle. Depuis Aristote, on classait les couleurs selon des axes, des cercles ou des spirales. Cependant, quel que soit le système, il y avait toujours une place pour le noir et une pour le blanc, souvent à l'une des extrémités (cela donnait généralement sur un axe : blanc, jaune, rouge, vert, bleu, noir). En découvrant la composition du spectre de l'arc-en-ciel, Isaac Newton établit un continuum des couleurs (violet, indigo, bleu, vert, jaune, orangé, rouge) qui exclut pour la première fois le noir et le blanc. Tout cela contribue donc à ce que, à partir du XVIIᵉ siècle, ces deux-là soient mis dans un monde à part.

Un monde qui va même s'opposer au monde des couleurs...

Oui. Dès le XIXᵉ siècle, le noir et blanc, c'est le monde qui n'est pas coloré ! En utilisant à ses débuts un procédé chimique qui capte la lumière de manière bichrome, la photo accentue les théories scientifiques qui rejettent le noir et le blanc (au commencement, les clichés sont plutôt jaunâtres ou marronnasses, mais l'amélioration des papiers permettra d'obtenir des noirs presque noirs). Il n'est pas impossible que les inventeurs de la reproduction photographique aient imaginé leur dispositif – l'appareil et les papiers – sous l'influence de ces théories et des habitudes de l'époque : la photo serait ainsi venue renforcer la représentation du monde en noir et blanc qui était celle que donnaient les gravures. En tout cas, la démocratisation de cette technique, puis le développement du cinéma et de la télévision, qui furent eux aussi bichromes à leurs débuts, a fini par nous familiariser avec cette opposition : couleurs d'un côté, noir et blanc de l'autre.

L'étonnant avec ce couple-là, c'est qu'il a la capacité à lui tout seul de décrire la réalité, à condition bien sûr de décliner l'ensemble des nuances grises entre les couleurs.

Attention ! Nous sommes dans le domaine des codes ! Ce n'est qu'une simple convention ! On peut certes décrire le monde ainsi, sans utiliser les autres couleurs (l'inverse n'est pas vrai : on ne pourrait pas se passer du noir ni du blanc pour décrire le monde en couleurs). Mais on pourrait tout aussi bien utiliser d'autres couples, d'autres bichromies : rouge et jaune, brun et gris, ou encore noir et jaune (on irait ainsi de jaunes de plus en plus grisés vers des gris de plus en plus noirs) : tous les tests de lisibilité montrent d'ailleurs qu'une écriture en jaune sur fond noir se distingue mieux qu'une écriture en noir sur blanc. Il faut nous défaire de cette idée reçue : contrairement à ce que nous croyons, le contraste entre le noir et le blanc n'est ni plus fort ni plus pertinent que les autres.

Allons donc ! Pourquoi alors le couple noir-blanc s'est-il à ce point distingué ?

Par habitude ! La photo et le cinéma ont renforcé ce clivage couleurs/noir et blanc qui aurait paru absurde aux yeux d'un homme de l'Antiquité ou du Moyen Âge. Lorsque apparurent la photographie et le cinéma, la couleur était encore un horizon difficile et réjouissant à atteindre. En 1938, le film *Les Aventures de Robin des Bois*, de Michael Curtiz et William Keighley, qui a popularisé le Technicolor, forçait sur les couleurs contrastées. On a critiqué cet abus de couleurs qui donnait aux scènes un aspect peu réel. Mais le noir et blanc a été rejeté par la majorité du public. Maintenant, pour lui plaire, on « colorise » (mot affreux !) les vieux films. Mais on assiste aussi à une étrange inversion : un film en noir et blanc revient désormais plus cher qu'un film en couleurs et, du coup, le noir et blanc se voit revalorisé, considéré comme plus chic, plus vrai que la couleur !

Les premières images qui reflétaient vraiment le réel ayant été en noir et blanc, on peut se demander si cette représentation particulière du monde n'a pas imprégné notre imaginaire et notre inconscient...

Et sans doute aussi notre façon de rêver. Il est probable que nous rêvons en noir et blanc. Qui sait ? Il est certain que les films anciens, les films « noirs » gardent une force et un mystère. Il y a sans doute quelque chose qui relève de l'inconscient... Savez-vous que le noir et blanc passionnait même Rubens, peintre coloriste s'il en fût : il employait une équipe de graveurs pour faire reproduire et diffuser ses tableaux en noir et blanc ? Un autre symbole s'est attaché à ce couple : le sérieux. Il est amusant à ce propos de lire les rapports envoyés aux académies par les jeunes architectes qui sont allés en Grèce à l'époque romantique : « Les temples antiques sont en couleurs ! » affirment-ils dans leurs lettres. Et les vieux savants restés à Paris, Londres ou Berlin n'arrivent pas à y croire : « Comment ? Les Grecs et les Romains auraient peint leurs monuments de couleurs vives ? Ce n'est pas sérieux ! » Cette idée perdure aujourd'hui : le sérieux exige le noir et blanc. Certains de mes collègues historiens de la peinture préfèrent encore travailler sur une documentation de ce type : ils disent que la couleur gêne leur regard et les empêche de bien étudier les formes et les styles. Comme si, d'ailleurs, les styles se limitaient aux traits !

Dans le film Pleasantville *(1998), de Gary Ross, les deux héros se retrouvent dans le monde noir et blanc d'une série télévisée niaise des années 1950, une société puritaine et étouffante qui ne connaît ni doutes, ni émotions, ni couleurs. Petit à petit, ils apportent la couleur subversive et sensuelle qui agit comme une libération.*

La couleur a en effet pu être considérée comme transgressive. Savez-vous que, dans les années 1920, la technique du cinéma en couleurs était déjà bien au point et que son développement aurait pu commencer plus tôt ? Ce qui l'a retardé, ce sont des raisons économiques, mais aussi morales : à l'époque, certains esprits estimaient que les images animées étaient futiles et indécentes. Que dire, alors, si elles avaient été en couleurs ! C'était trop osé pour la société du moment. Pour des raisons similaires, Henry Ford, grand protestant puritain, a refusé de vendre ses Ford T autrement que noires (alors que ses concurrents produisaient des voitures de différentes teintes). Mais, parfois, les codes s'inversent. Aujourd'hui, les scientifiques, d'un côté, et les artistes, de l'autre, reconnaissent finalement que le noir est, comme le blanc, une couleur à part entière. Et maintenant que la couleur est omniprésente, c'est le noir et blanc qui devient révolutionnaire !

7

LES DEMI-COULEURS

GRIS PLUIE, ROSE BONBON

Nous avons les six couleurs de base, du moins c'est ainsi que vous les qualifiez. Pourtant, on apprend à tous les enfants qu'il y a sept couleurs dans l'arc-en-ciel. Encore une idée fausse ?

Si vous demandez à de très jeunes enfants combien ils voient de couleurs dans l'arc-en-ciel, ils vous répondront généralement le vert, le rouge, le jaune, plus le bleu du ciel. Aristote n'en voyait que quatre. Au XIIIᵉ siècle, les savants de l'université d'Oxford allaient jusqu'à cinq ou six. On dit que lorsque Newton a établi le spectre lumineux de l'arc-en-ciel, il n'avait défini lui aussi que six rayons colorés (violet, bleu, vert, jaune, orangé et rouge). Mais, comme les conventions de l'époque exigeaient des systèmes à sept ou douze éléments, il en aurait ajouté une septième, en dédoublant le bleu en indigo. Il faut

oublier l'arc-en-ciel ! Pour la culture européenne, il y a
bien six couleurs principales, ce sont celles que nous
évoquons tous spontanément : bleu, rouge, blanc, vert,
jaune et noir. La perception que nous en avons peut
changer selon la lumière, selon le support, selon l'époque
(on ne voyait pas tout à fait la même chose dans l'Antiquité ou au Moyen Âge), mais pas ce qu'elles représentent ! Pas leur identité profonde ! Une couleur, c'est
une catégorie intellectuelle, un ensemble de symboles.
La preuve en est que les six couleurs de base sont les
seules à ne pas avoir de référents.

Que voulez-vous dire ?

Elles se définissent de manière abstraite sans avoir
besoin d'une référence dans la nature, au contraire de ce
que j'appelle les demi-couleurs : le violet, le rose,
l'orangé, le marron ; le gris, quant à lui, est un peu particulier. Ces quatre demi-couleurs doivent leur nom à un
fruit ou à une fleur : le marron existait avant qu'on
invente le mot « marron », l'orange avant la couleur
orange, la rose avant que l'on parle du « rose » (le latin
rosa désigne uniquement la fleur). Pour nommer le rose
de certaines fleurs ou la gorge d'un oiseau, on parlait de
« rouge clair » ou de « rouge blanc ». Si, plus tard, lors
de la création des langues romanes, on a inventé des mots
spécifiques, c'est parce qu'on a eu besoin d'incarner

dans une nouvelle couleur des symboles que n'expri-
maient pas avec précision les six couleurs de base.

Qu'est venu apporter le violet, par exemple ?

Pour violet, on disait en latin médiéval *subniger*,
« demi-noir ». Il s'est identifié logiquement au demi-
deuil, celui qui s'éloigne dans le temps. Il évoque la
vieillesse féminine, douce comme les reflets mauves des
cheveux des dames âgées. Petit enfant, lorsque je faisais
un cadeau à ma grand-mère, je pensais qu'il devait être
dans la gamme des violets. Le violet est la couleur liturgique de la pénitence, de l'Avent et du Carême. Il est
devenu tardivement la couleur des évêques, ce qui est
assez excentrique. Peu fréquent dans la nature et assez
laid quand il est fabriqué, il est, selon les enquêtes d'opinion, la couleur la plus détestée, après le brun. « Ce
n'est pas une vraie couleur ! » disent généralement les
enfants. Au cours de la dernière décennie, on a abusé
des mauves saturés et des grenats violacés sur les
tissus, fluo par-dessus le marché ! Le violet est devenu
très vulgaire.

*Les tons orangés ne sont pas non plus toujours très
heureux, n'est-ce pas ?*

Il est difficile de reproduire les beaux orangés de la nature : nos orangés fabriqués sont toujours un peu criards. Au Moyen Âge, on ne les produisait pas à partir du jaune et du rouge, en raison sans doute du tabou biblique du Deutéronome et du Lévitique, repris par le christianisme, qui jugeait les mélanges impurs : un homme blanc et une femme noire ne pouvaient pas pro-créer, on ne mélangeait pas dans un même vêtement laine et lin, matière animale et matière végétale, ni deux couleurs pour en faire une troisième. Le mot « orangé » est apparu en Occident au XIVe siècle, après l'importa-tion des premiers orangers. Pour obtenir cette teinte, on a d'abord utilisé le safran, puis, vers la fin du Moyen Âge, le « bois brésil », essence exotique des Indes et de Ceylan (qui a donné plus tard son nom au Brésil). Aujourd'hui, on a transféré sur cette couleur les vertus de l'or et du soleil : chaleur, joie, tonus, santé. D'où les emballages des médicaments, la Carte orange censée égayer les transports parisiens, le train Corail qui balaie la grisaille des chemins de fer. Un moment, on en a mis sur les murs des cuisines jusqu'à l'écœurement. Nous avons donc abusé de l'orangé, qui est devenu symbole de vulgarité.

Le rose ? Il doit être plus paisible…

Il n'a pas eu d'existence bien définie pendant long-temps. On disait autrefois « incarnat », c'est-à-dire couleur de chair, de carnation. Porté par le romantisme, le rose a acquis sa symbolique au XVIIIᵉ siècle : celle de la tendresse, de la féminité (c'est un rouge atténué, dépouillé de son caractère guerrier), de la douceur (on dit encore « voir la vie en rose »). Avec son versant négatif : la mièvrerie (l'expression « à l'eau de rose » date du XIXᵉ siècle). Un moment, on l'a plaqué sur l'homosexualité avec une intention péjorative. Les homosexuels ont maintenant choisi le drapeau arc-en-ciel, qui symbolise la diversité, celle des couleurs et celle des êtres, et la tolérance.

Le marron ? On le déteste, non ?

De nos onze couleurs et demi-couleurs, c'est la moins aimée, bien qu'elle foisonne dans la nature, les sols, les végétaux. Elle évoque la saleté, la pauvreté, la brutalité et, depuis que les SA en ont fait leur uniforme dès 1925, la violence. Le mot « brun », que l'on utilise moins, vient d'ailleurs du germanique *braun,* la couleur du pelage de l'ours. Le mot « marron », lui, est apparu au XVIIIᵉ siècle, il était bien sûr dérivé de la châtaigne : c'est un brun plus chaud, un peu rouge. Cette demi-couleur a peu d'aspects positifs, à moins de prendre l'humilité et la pauvreté comme des vertus, ce que font certains ordres monastiques.

Reste le gris, que vous mettez à part.

Oui, car il a presque tous les caractères d'une vraie couleur : il n'a pas de référents, le mot est ancien (il vient du germanique *grau*) et il possède un double symbolisme. Pour nous, il évoque la tristesse, la mélancolie, l'ennui, la vieillesse ; mais, à une époque où la vieillesse n'était pas si dévalorisée, il renvoyait au contraire à la sagesse, à la plénitude, à la connaissance. Il en a gardé l'idée d'intelligence (la matière grise). À la fin du Moyen Âge, on le voyait comme le contraire du noir, donc symbole de l'espérance et du bonheur. Charles d'Orléans a même écrit un poème intitulé « Le gris de l'espoir ». Il y a un bon et un mauvais gris. En fait, le gris a un statut à part. Goethe, d'ailleurs, avait pressenti cette singularité. Pour lui, la couleur qui réunissait toutes les autres n'était pas le blanc, teinte faible contenant selon lui peu de matières colorées, mais bien le gris, qu'il qualifiait de couleur « moyenne ». Ce qui, d'un point de vue chimique, n'est pas idiot. De plus, pour le peintre du dimanche que je suis, le gris est la couleur la plus riche à travailler : il possède un grand nombre de nuances, il autorise les camaïeux les plus subtils, il fait du bien aux autres couleurs.

On sent que vous avez un petit faible pour lui. Résumons : six couleurs de base, cinq demi-couleurs en comptant le gris… Ensuite ?

Pendant longtemps, le vocabulaire n'a probablement pas eu beaucoup d'autres termes. On percevait bien des nuances, mais on n'avait guère besoin de les nommer dans le langage courant. Onze couleurs, avec toutes les combinaisons possibles, c'est déjà beaucoup ! Ensuite, on entre dans un troisième groupe, le domaine des nuances, et des nuances de nuances, que l'on obtient soit en associant deux termes de couleurs (gris-bleu, rose-orangé), soit en fabriquant des mots. Grande différence : les nuances, elles, ne sont pas porteuses de symboles. Elles n'ont qu'une signification esthétique : si le violet a une symbolique, la nuance lilas n'en a pas. Leur identité est aussi plus imprécise : « lilas » désigne chez nous une couleur bleu pâle ; chez les Allemands, c'est un violet soutenu qui tire vers le rouge.

Symbole ou pas, on n'a pas cessé d'inventer des mots pour désigner les nuances.

En prenant parfois des distances avec la couleur réelle des choses… Les nuanciers établis pour les bas et les collants sont exemplaires à cet égard. À la fin du XIXe siècle, les bas étaient brun clair, brun moyen, brun foncé. Dans les années 1920, ils étaient devenus « brun du soir », « brun chagrin » ou « gris pluie ». Dans les années 1950, on parlait non plus de coloration, mais d'une atmosphère : « chagrin d'amour », « rencontre du

soir ». Aujourd'hui, on a encore inventé d'autres termes :
argile, sable, ivoire… Pour les rouges à lèvres, on va
chercher du côté des fruits : groseille, cerise, framboise… Puiser dans la nature permet de se dispenser du
terme de base : inutile de préciser « rouge » quand vous
dites « framboise ». C'est plus compliqué avec les objets
fabriqués par l'homme : le « vert Perrier » a besoin de sa
référence. On a même parlé de « beige Mitterrand », en
référence au costume d'été un peu trop clair que portait
le président de la République.

*Pourpre, jade, saumon, ambre, ivoire… Ou, plus ima-
ginatif, comme le propose un institut de la mode :
citrouille, tanin de prune, vent de sable, ombre marine,
grève cendrée… On en ferait des poèmes. Le nombre de
nuances est-il infini ?*

D'après les tests d'optique, l'œil humain peut distinguer jusqu'à 180, voire 200 nuances, mais pas davantage. Ce qui rend stupide les publicités pour ordinateurs
où on vous parle de millions, de milliards de couleurs !
Déjà, au XVIIIᵉ siècle, dans leur *Encyclopédie,* Diderot et
d'Alembert avaient établi une liste de nuances. Certains
termes de l'époque étaient fondés sur le nom du lieu ou
de la ville d'où venait le colorant. Mais on dérivait très
vite en effet vers le poétique.

En somme, les frontières entre les différentes nuances n'ont pas d'existence réelle. Tout dépend de celui qui les regarde.

Un physicien considère que la couleur est un phénomène mesurable. Dans une pièce vide, il éclairera un objet coloré, enregistrera la longueur d'onde et conclura qu'il y a une couleur. Goethe a un avis opposé : « Une couleur que personne ne regarde n'existe pas ! » affirme-t-il à plusieurs reprises. C'est une affirmation forte à laquelle j'adhère. « Une robe rouge est-elle encore rouge lorsque personne ne la regarde ? » s'interroge Goethe. Pour lui comme pour moi, il n'y a pas de couleur sans perception, sans regard humain (ou animal). C'est nous qui faisons les couleurs !

Sommes-nous plus sensibles aux couleurs qu'autrefois ?

Nous le sommes moins. La couleur est désormais accessible à tous, elle s'est banalisée. Les enfants des générations précédentes s'émerveillaient quand ils recevaient à Noël un crayon rouge et un crayon bleu. Ceux d'aujourd'hui, qui ont des boîtes de 50 feutres à 1 euro, sont moins curieux et moins créatifs à l'égard des couleurs. Les jeunes peintres ont également tendance à prendre la couleur telle qu'elle sort du tube, sans la travailler. Et puis on fait dire n'importe quoi aux couleurs. Lisez les textes qui leur sont consacrés dans les manuels pour graphistes et publicitaires : on mélange tout, les époques, les continents, les sociétés… Pis encore : on les utilise dans des tests qui prétendent dresser notre profil psychologique – si vous choisissez le rouge, vous voilà catalogué excité ! C'est d'une naïveté affligeante.

Vivons-nous dans un monde plus coloré ?

Assurément plus coloré que les sociétés du Moyen Âge, où la couleur était réservée à certains lieux, telle l'église, ou à certaines circonstances de l'année ou de la vie. Cela dit, l'Europe occidentale est moins colorée que l'Asie, l'Afrique ou l'Amérique du Sud. Mais attention ! trop de couleurs tue la couleur. Lorsque certains urbanistes se livrent à une débauche de teintes vives, les habitants protestent et réclament un environnement moins agressif. On ne vit pas non plus la couleur de la même manière selon les milieux sociaux. Regardez les vêtements des enfants à la sortie d'une école primaire : dans un quartier plutôt défavorisé, vous verrez beaucoup de couleurs. Dans un quartier chic, la palette sera moins bariolée. La richesse et le luxe s'incarnent dans la retenue.

Au fil de cette conversation, nous avons vu combien les couleurs étaient chargées de codes anciens auxquels nous obéissons inconsciemment. Le poids des symboles est-il aussi important qu'autrefois ?

À force de se voir rajouter de nouvelles couches de symboles, les couleurs ont fini par perdre un peu de leur force. Mais, malgré les découvertes technologiques, l'essentiel ne change pas. En Occident, nos six couleurs de base seront rigoureusement les mêmes dans les prochaines décennies. Des changements affecteront peut-être les nuances, mais pas notre système de symboles. Nos couleurs sont des catégories abstraites sur lesquelles la technique n'a pas de prise. Je crois qu'il est bon de connaître leurs significations, car elles conditionnent nos comportements et notre manière de penser. Mais, une fois que l'on est conscient de tout ce dont elles sont chargées, on peut l'oublier. Regardons les couleurs en connaisseur, mais sachons aussi les vivre avec spontanéité et une certaine innocence.

Table des matières

Des mêmes auteurs

Ouvrages de Michel Pastoureau

La Vie quotidienne en France et en Angleterre
au temps des chevaliers de la Table ronde
Hachette, « La Vie quotidienne », 1976

Les Armoiries
Brepols, 1976

Les Châteaux forts
(en collaboration avec Gaston Duchet-Suchaux)
Hachette, « En savoir plus », 1978, 1994

Les Sceaux
Brepols, 1981

Bibliographie de la sigillographie française
(en collaboration avec René Gandilhon)
Picard, 1982

L'Hermine et le Sinople
Études d'héraldique médiévale
Léopard d'or, 1982

Armorial des chevaliers de la Table ronde
Étude sur l'héraldique imaginaire à la fin du Moyen Âge
Léopard d'or, 1983, 2006

Jetons, méreaux et médailles
Brepols, « Typologie des sources
du Moyen Âge occidental », 1984

La France des Capétiens
987-1328
Larousse, « Histoire de France illustrée », 1986

La Guerre de Cent Ans
1328-1492
Larousse, 1986

Figures et couleurs
Études sur la symbolique et la sensibilité médiévales
Léopard d' or, 1986

Le Cochon
Histoire, symbolique et cuisine
(en collaboration avec Jacques Verroust et Raymond Buren)
Sang de la terre, 1987, 1998

Couleurs, images, symboles
Léopard d' or, 1989

L'Échiquier de Charlemagne
Un jeu pour ne pas jouer
Adam Biro, « Un à un », 1990, 1995

Europe
Mémoire et emblèmes
(en collaboration avec Jean-Claude Schmitt)
Épargne, 1990

La Bible et les Saints
Guide iconographique
(en collaboration avec Gaston Duchet-Suchaux)
Flammarion, « Tout l' art », 1990, 2006

L'Étoffe du diable
Une histoire des rayures et des tissus rayés
*Seuil, « La Librairie du xxᵉ siècle », 1991, 1995
et « Points Histoire » n° 386, 2003, 2008*

Le Bœuf
Histoire, symbolique et cuisine
(en collaboration avec Alain Raveneau, Raymond Buren et al.)
Sang de la terre, 1992, 2003

Les Chevaliers
(en collaboration avec Amélie Veaux)
Hachette, « Histoire juniors », 1992, 1994

Mélancolies du savoir
Essais sur l'œuvre de Michel Rio
(sous la direction de Margery Arent Safir)
Seuil, 1995

Figures de l'héraldique
Gallimard, « Découvertes » n° 284, 1996

Dictionnaire des couleurs de notre temps
Symbolique et société
C. Bonneton, 1996, 2007

Traité d'héraldique
Picard, 1997, 2008

Mains
Isia Leviant
(en collaboration avec Philippe Delaveau et Michael Gibson)
La Différence, 1997

Jésus chez le teinturier
Couleurs et teintures dans l'Occident médiéval
Léopard d'or, 1997

Les Emblèmes de la France
C.Bonneton, 1998

La Pomme
Histoire, symbolique, botanique, diététique, cuisine
(en collaboration avec Henry Wasserman,
Maxime Préaud et al.)
Sang de la terre, 1998

Bleu
Histoire d'une couleur
Seuil, 2000
et « Points Histoire » n° 362, 2006

Les Animaux célèbres
C.Bonneton, 2001
Arléa, « Arléa poche » n° 131, 2008

Figures romanes
(photographies de Franck Horvat)
Seuil, 2001, 2007

Uniformes
(photographies de James Startt)
Seuil, 2002

Le Bestiaire médiéval
Dictionnaire historique et bibliographique
Léopard d'or, 2002

Les Couleurs de notre temps
C. Bonneton, 2003

Une histoire symbolique du Moyen Âge occidental
Seuil, « La Librairie du xxie siècle », 2004
et « Points Histoire » n° 465, 2012

Le Mont Saint-Michel
(photographies de Jean Mounicq)
Imprimerie nationale, 2004

Couleur, travail et société
Du Moyen Âge à nos jours
Somogy / Archives départementales du Nord / Centre
des archives du monde du travail, 2004

Les Chevaliers de la Table ronde
Gui, 2006

L'Ours
Histoire d'un roi déchu
Seuil, « La Librairie du xxie siècle », 2007
et « Points Histoire » n° 472, 2013

Couleurs, le grand livre
(en collaboration avec Dominique Simonnet)
Éd. Panama, 2007

Noir
Histoire d'une couleur
Seuil, 2008
et « Points Histoire » n° 446, 2011

Le Cochon
Histoire d'un cousin mal aimé
Gallimard, « Découvertes » n° 545, 2009

L'Art héraldique au Moyen Âge
Seuil, 2009

Le Cygne et le Corbeau
Une histoire en noir et blanc
Gutenberg, 2010

Du coq gaulois au drapeau tricolore
Histoire des emblèmes de la France
Arléa, 2010

Les Couleurs de nos souvenirs
Seuil, « La Librairie du xxie siècle », 2010
Prix Médicis Essai

Couleurs
Toutes les couleurs du monde en 350 photos
Chêne, 2010

Bestiaires du Moyen Âge
Seuil, 2011

Symboles du Moyen Âge
Animaux, végétaux, couleurs, objets
Léopard d'or, 2012

Le Jeu d'échecs médiéval
Une histoire symbolique
Léopard d'or, 2012

Les Secrets de la licorne
RMN-Grand Palais, 2013

Vert
Histoire d'une couleur
Seuil, 2013

Ouvrages de Dominique Simonnet

Qu'est-ce que l'écologie ?
Hatier, 1979

L'Écologisme
PUF, « Que sais-je ? », 1979, 1982, 1991, 1994

Vivent les bébés !
Ce que savent les petits d'homme
Seuil, « Science ouverte », 1986
et « Points Actuels » n° 108, 1991

La Plus Belle Histoire du monde
(en collaboration avec Hubert Reeves,
Joël de Rosnay et Yves Coppens)
Seuil, 1996
et « Points » n° P897, 2001

La Plus Belle Histoire de l'homme
(en collaboration avec André Langaney,
Jean Clottes et Jean Guilaine)
Seuil, 1996
et « Points » n° P779, 2000, 2001

Le Livre de Némo
(en collaboration avec Nicole Bacharan)
Seuil, 1998, 2001

Bébé, mode d'emploi
Pour mieux comprendre son petit d'homme
Seuil, 2000

L'Amour expliqué à nos enfants
(en collaboration avec Nicole Bacharan)
Seuil, 2000

Némo en Amérique
(en collaboration avec Nicole Bacharan)
Seuil, 2001

Némo en Égypte
(en collaboration avec Nicole Bacharan)
Seuil, 2002

La Plus Belle Histoire de l'amour
(en collaboration avec Jean Courtin, Paul Veyne et al.)
Seuil, 2003
et « Points » n° P1790, 2007

Némo dans les étoiles
(en collaboration avec Nicole Bacharan)
Seuil, 2004

Une vie en plus
La longévité, pour quoi faire ?
(en collaboration avec Joël de Rosnay,
Jean-Louis Servan-Schreiber et François de Closets)
Seuil, 2005
et « Points Essais » n° 567, 2007

Couleurs, le grand livre
(en collaboration avec Michel Pastoureau)
Éd. du Panama, 2007, 2008

La Femme qui danse
(en collaboration avec Marie-Claude Piétragalla)
Seuil, 2008

Au nom des enfants du monde
(en collaboration avec S.A.R la Princesse de Hanovre)
Seuil, 2009

L'Heure de pointe
Roman en quatorze lignes
Actes Sud, 2010

11 septembre
Le jour du chaos
(en collaboration avec Nicole Bacharan)
Perrin, 2011

Le Guide des élections américaines
(en collaboration avec Nicole Bacharan)
Perrin, 2012

Délivrez-nous du corps
Plon, 2013

RÉALISATION : NORD COMPO, À VILLENEUVE D'ASCQ
IMPRESSION : NORMANDIE ROTO, S.A.S, À LONRAI
DÉPÔT LÉGAL : MARS 2014. N°116641-2(1404474)
Imprimé en France

Éditions Points

le cercle

Le catalogue complet de nos collections est sur
Le Cercle Points, ainsi que des interviews d'auteurs,
des jeux-concours, des conseils de lecture, des
extraits en avant-première…

www.lecerclepoints.com

Collection Points Histoire

DERNIERS TITRES PARUS

H320. Des traités : de Rastadt à la chute de Napoléon
par Jean-Pierre Bois
H323. De Nuremberg à la fin du XXᵉ siècle
(tome 6, Nouvelle histoire des relations
internationales / inédit), *par Frank Attar*
H324. Histoire du visuel au XXᵉ siècle, *par Laurent Gervereau*
H325. La Dérive fasciste. Doriot, Déat, Bergery. 1933-1945
par Philippe Burrin
H326. L'Origine des Aztèques, *par Christian Duverger*
H327. Histoire politique du monde hellénistique
par Edouard Will
H328. Le Saint Empire romain germanique, *par Francis Rapp*
H329. Sparte, histoire politique et sociale
jusqu'à la conquête romaine, *par Edmond Lévy*
H330. La Guerre censurée, *par Frédéric Rousseau*
H331. À la guerre, *par Paul Fussel*
H332. Les Français des années troubles, *par Pierre Laborie*
H333. Histoire de la papauté, *par Yves-Marie Hilaire*
H334. Pouvoir et Persuasion dans l'Antiquité tardive
par Peter Brown
H336. Penser la Grande Guerre, *par Antoine Prost et Jay Winter*
H337. Paris libre 1871, *par Jacques Rougerie*
H338. Napoléon. De la mythologie à l'histoire
par Nathalie Petiteau
H339. Histoire de l'enfance, tome 1
par Dominique Julia et Egle Becchi